中公文庫

御蔵入改事件帳

しくじり蕎麦

早見　俊

中央公論新社

目次

御蔵入改の面々

荻生但馬《おぎゅうたじま》……御蔵入改方頭取。奸計にはまって長崎奉行をお役御免となり、出世街道を外れる。小普請入りしてから、暇にあかせて三味線の腕を上げた。長崎仕込みのサーベルを使う。

緒方小次郎《おがたこじろう》……元北町奉行所定町廻り同心。「袖の下」を受け取る先輩同心を批難したため反感を買い、定町廻りを外され、御蔵入改に出向となった。直心影流の使い手。

大門武蔵《だいもんむさし》……六尺棒を得物とする、巨体の元南町奉行所臨時廻り同心。子沢山のため、「袖の下」は大歓迎。将棋好きだが、いつも近所の御隠居に負け、一分金をまき上げられている。

お紺《こん》……女すり。長崎時代に但馬と知り合う。洗い髪で、素足の爪に紅を差し、紫地に蝶の柄などの派手な装いを好む。

喜多八《きたはち》……年齢不詳の幇間。丸めた頭にけばけばしい着物姿で、武蔵と御隠居の将棋をよく冷やかしている。

御蔵入改事件帳　しくじり蕎麦

第一話　しくじり蕎麦

一

「旦那、お蕎麦《そば》、できましたよ」

お藤《ふじ》が蒸籠《せいろ》に盛られた蕎麦を持ってきた。

「おお、艶《つや》めき、香りもよいな」

荻生但馬《おぎゅうたじま》は相好《そうごう》をくずし、弾いていた中棹《ちゅうざお》の三味線と撥《ばち》を脇に置いた。

ここは、柳橋《やなぎばし》に軒を連ねる船宿の一軒、夕凪《ゆうなぎ》の二階だ。

紺地の小袖《こそで》を着流したその身体《からだ》は、肩が張り、胸は分厚く、着物の上からでも屈強さがわかる。身体同様、顔も浅黒く日焼けした、苦み走った男前であった。三味線の音色に合わせて小唄を口ずさむと目元が柔らかになり、親しみを感じさせもする。

開け放たれた窓から爽《さわ》やかな風が吹き込み、差し込む日差しも心地よい。文化《ぶんか》十三年（一八一六）長月《ながつき》（陰暦九月）十日、荻生但馬、四十六の秋だ。眼下に煌《きら》めく大川《おおかわ》の川面《かわも》を多くの荷船が行き交っている。昼から宴《うたげ》を催す屋形船からお囃子《はやし》にのって賑《にぎ》やかな声が聞こえ、船と船の隙間《すきま》を縫うように猪牙舟《ちょきぶね》が進む。吉原《よしわら》を目指す男たちだ。但馬は頬《ほお》を緩めて、彼らの健闘を祈った。

夕凪の女将《おかみ》、お藤は三十路《みそじ》に入った大年増《おおどしま》、四年前に亭主と死別し、亭主の残した船宿を女手一つで切り盛りしている。見惚《みほ》れるような美人ではないが、愛想のよい話上手とあって客の評判は上々だ。

「そなたも食せ」

但馬は箸《はし》を取った。

「旦那の打ったお蕎麦ですもの。まずは、旦那がご賞味ください」

お藤はにっこり微笑《ほほえ》んだ。

「よし、毒見……いや、味見を致すか」

軽口《かるくち》を叩《たた》き、但馬は汁椀《しるわん》に山葵《わさび》を溶き、蕎麦を摘《つ》まんだ。

お藤が言ったように但馬が蕎麦粉をこね、打ち上がった蕎麦を包丁で細く切ったのだ。

そのため、蕎麦の幅は一定せず、長さもまちまちだが、手製と思えば格別である。汁椀を手に、勢いよく啜《すす》り上げた。

コシに難はあるものの、打ち立ての蕎麦の風味が口中に拡がり、我ながらまずまずの出来だ。

一見、無聊《ぶりょう》をかこっているかのような但馬は長崎奉行の任にあったのだが、抜け荷に関わったという濡《ぬ》れ衣《ぎぬ》を着せられ、小普請《こぶしん》に左遷された。

ところが捨てる神あれば拾う神である。

元老中で寛政《かんせい》の改革を推進した松平定信《まつだいらさだのぶ》に、その辣腕《らつわん》ぶりを買われ、御蔵入改方頭取《おくらいりあらためかたとうどり》という役目を与えられた。老中を辞した後も定信は幕政に大きな影響力を保持しているのだ。

御蔵入改とは南北町奉行所や火付盗賊改《ひつけとうぞくあらため》が取り上げない訴えや、奉行所の例繰方《れいくりかた》の蔵に封じ込められた未解決事件を扱う。頭取と言っても、但馬を入れてたった五人という小所帯だ。

常に事件、相談事が持ち込まれるわけではないので、但馬はこのように蕎麦打ちに興じることもできるのだった。

「おっと、旦那にはこれですね」

お藤は酒を用意していた。

「さすがはお藤、気が利くな」

但馬はつい世辞を言った。お藤は悪戯《いたずら》っぽい笑みを拡げ、

「お世辞でもうれしいですよ」

などと、但馬の心の内を見透かしたように言う。

但馬も笑みを返し、酒の入った徳利を受け取った。


明くる十一日の昼下がり、南町奉行所元臨時廻り同心大門武蔵《だいもんむさし》と幇間《たいこもち》の喜多八《きたはち》は日本橋《にほんばし》本町《ほんちょう》界隈《かいわい》を歩いていた。二人とも御蔵入改の一員だ。

武蔵は齢《よわい》四十一、力士のような巨体に、黒紋付、白衣帯刀、八丁堀《はっちょうぼり》同心らしく羽織の裾《すそ》を捲《まく》り上げて端を帯に挟む、いわゆる巻き羽織姿は様になっている。

喜多八はというと、頭を丸め、紫地の小袖を尻はしょりにし、真っ赤な股引《ももひき》を穿《は》き、派手な小紋の羽織を重ねている。扇子をぱちぱちと開いたり閉じたりして落ち着きがない様は、幇間の軽さを示していた。

「おれは苦手だぞ、この臭い」

武蔵が鼻を摘まんだのは、日本橋本町界隈は薬種問屋が軒を連ねているからである。爽やかな風に漢方薬独特の鼻孔を刺激する香りが混じり、屋根瓦が秋光を弾《はじ》いていた。

「辛抱してくださいよ」

喜多八が返すと、

「薬の臭いを嗅《か》いだだけで具合が悪くなりそうだ」

武蔵は顔をしかめた。

不意に喜多八は立ち止まり、

「大門の旦那、勝負をかけませんか」

挑戦的な言葉をかけてきた。

「なんだ、善兵衛《ぜんべえ》爺《じい》さんに言われたのか、賭《か》け金をあげようって。おれはかまわんぞ」

武蔵は応じた。

善兵衛とは八丁堀の醬油《しょうゆ》問屋蓬莱《ほうらい》屋の隠居。将棋の腕に定評があり、自称将棋自慢の武蔵は善兵衛相手に賭け将棋を行っている。一局に、一分金《いちぶきん》を賭けており、勝ったり負けたりを繰り返す好敵手であればいいのだが、実情は武蔵の負けっ放しで、当然のこと取られる一方だ。

善兵衛にとって、武蔵はいいカモゆえ、賭け金を吊《つ》り上げてくるのもわからなくはない。断れば対局せずして負けを認めるようで、武蔵は悔しい。それゆえの承諾だったのだが、

「将棋じゃないでげすよ」

喜多八は否定した。

肩透かしを食う一方でほっとしたがそんなことは噯《おくび》にも出さず、武蔵はそれではこれか、と刀を振るう真似《まね》をした。

喜多八は首を左右に振ってそれも否定して、

「やっとうを使うんじゃなくって、箸を使うんでげすよ」

落語家がやるように、扇子を箸に見立て蕎麦を啜る真似をした。

「ほう、蕎麦の闘食か」

受けてやる、と武蔵は答えた。

「それがでげすよ、とんでもない蕎麦っ食いがいるんでげす」

喜多八の口調に興奮が加わった。

「そんなに食うのか」

武蔵も興味を示した。

「百聞は一見にしかず、でげす」

喜多八は目についた蕎麦屋の暖簾《のれん》を指差した。慶寿庵《けいじゅあん》という二階家、日本橋本町界隈では名店だと喜多八は言った。

「あの蕎麦屋に件《くだん》の蕎麦っ食いが来ます。蕎麦っ食いの間じゃ有名でげしてね、圭太郎《けいたろう》さんといって薬の行商人をやっていなさるんです。通称、蕎麦圭で通っているんでげすよ」

喜多八は言い足した。

「よし、どんな奴《やつ》か見てやろう」

武蔵もその気になった。

武蔵と喜多八は入れ込みの座敷に座った。座敷の隅では数人の男が蕎麦味噌《みそ》を肴《さかな》に酒を酌《く》み交わしている。

「そろそろ来る頃だな」

「そうだよ。今日は三十枚だ」

「大丈夫か」

やり取りからして、彼らは蕎麦圭が三十枚を完食できるかどうかを賭けているらしい。

「三十枚となると……」

武蔵は蒸籠を積んだらどれくらいだろうと想像した。蕎麦好きは身の丈くらいまで蒸籠を積む。もっとも、座った状態の身の丈である。三十枚となると、いくら長身でも座高を超えるだろう。

喜多八が酒と蕎麦味噌を頼んだ。

「へへへ、楽しみでげすな」

酒を飲みながら喜多八はご機嫌である。

すると、引き戸が開き、

「ど〜も」

と、甲高い陽気な声が聞こえてきた。脳天から発せられたような声音だ。

そんな陽気な声と共に入って来たのは縞柄《しまがら》の着物を尻はしょりにし、手拭《てぬぐい》を吉原被《かぶ》りにした痩《や》せぎすの男である。顔も細面でのっぺりしている。

「蕎麦圭さん、ようこそ」

男の一人に声をかけられ、蕎麦圭こと薬売りの圭太郎は背負っていた風呂敷包みを座敷に置いた。

「いやあ、今日は蕎麦日和《びより》ですねえ」

調子のいいことを言いながら圭太郎は男たちの間に座った。

圭太郎はこちらを向き、

「どうぞ、お先に蕎麦を注文なさってください」

と、声をかけてくる。

自分が蕎麦を食べ始めたら、武蔵と喜多八の分が後回しになるのを気遣ってくれているようだ。武蔵は、おれは五枚だと喜多八に告げた。喜多八は自分の分も含めて盛り蕎麦八枚と酒を追加した。

「蕎麦圭さん、三十枚食べるんだよね」

一人に問われ、

「一分ですよ」

食べ切ったら金一分を貰《もら》うと圭太郎は念押しした。

「間違いないよ」

男は請け合う。

別の男が、

「どうだろうね、蕎麦圭さん。先だって話した蕎麦食い大会……」

と、徳利を圭太郎に向けた。圭太郎は蕎麦を食べる前には飲まないと断ってから、

「あたしはいつだっていいですよ。賞金は十両でしたっけ」

と、言った。

「五両だよ」

男は右手を拡げた。

「五十両かい、そりゃ太っ腹だ」

圭太郎は大袈裟《おおげさ》に仰《の》け反《ぞ》った。

「ちょいと、圭さん、悪乗りが過ぎるよ。五両だって」

男は拡げた右手を圭太郎に突き出した。

「じゃあ、これを合わせて十両だ」

圭太郎は自分も手を拡げ、男の手と並べた。

「但し、五十枚食べられなかったら優勝しても賞金は五両、ってことでどうでしょう」

圭太郎の提案を男たちは了解した。

そのやり取りを聞いて、

「蕎麦食い大会でげす。大門の旦那、出場しませんか。賞金十両でげすよ」

喜多八が言った時、蕎麦が運ばれて来た。

「まず、食おう」

武蔵は目の前に重ねられた蒸籠五枚の一番上を取った。次いで、徳利の酒を蕎麦にかける。

「さあ、食うぞ」

武蔵は蕎麦を手繰《たぐ》り始めた。

あっと言う間に一枚を平らげ、二枚目を取る。喜多八も箸を取った。

そこへ、圭太郎の蕎麦が運ばれて来た。

五枚重ねの蒸籠が六つ、圭太郎の前に置かれる。六つの蒸籠の山を前に圭太郎は舌舐《したな》めずりし、

「三十枚ですよね」

蒸籠の数を確認した。

男たちが見守る中、おもむろに食べ始める。武蔵と喜多八は横目で様子を窺《うかが》った。圭太郎は余裕があるのか、雑談を交えながら、軽快に蕎麦を手繰ってゆく。

箸でさっと蕎麦をすくい、汁に浸《つ》けるか浸けないかの内に勢いよく啜り上げる。いかにも手繰るといった様子は、見ていて心地よい。武蔵は競争心が湧き上がったのか、勢いよく五枚を平らげ、更に五枚を追加しようとしたものの、

「蕎麦なんぞ、いくら食べたって腹は膨れないぜ」

と、強がって天麩羅《テンプラ》飯を注文する。貝柱のかき揚げは慶寿庵の名物だ。喜多八は蕎麦三枚で十分と酒の追加を頼んだ。

圭太郎はたちまち五枚を平らげ、次の五枚に挑む。勢いは衰えない。武蔵は酒を飲みながら、天麩羅飯の到着を待った。

「いえね、蕎麦は信州《しんしゅう》だろうって思っていましたがね、但馬の国にも美味《うま》い蕎麦がある

んですよ」

蕎麦を食べながら圭太郎は蕎麦談義を始めた。

「但馬といえば、上方《かみがた》の先だ。播磨《はりま》の北だね。へ～え、そうなんだ、西国《さいごく》にも美味い蕎麦を食べさせる土地があるんだね」

男たちの関心を引いたようだ。

「但馬の出石《いずし》という土地でして。なんでもね、元は信州を治めておられた仙石《せんごく》さまがお国替えで出石に移られて、蕎麦の職人を一緒に連れていかれたそうなんですよ。蕎麦好きのお殿さまのお陰で、但馬でも美味い蕎麦が食べられるんですね。もっとも、江戸風にこうやって蒸籠からすくって、汁に浸けるんじゃなくってですよ……」

語りながら、圭太郎は汁に浸けるや啜り上げる。蕎麦食いのお手本のようだ。続けて、蒸籠に箸を伸ばしながら、話を繋《つな》げた。

「出石の蕎麦はですよ、小皿に蕎麦が盛ってあって、そこに汁をかけて食べるんです」

「出雲《いずも》蕎麦みたいだね」

「そうなんですよ。それはそれで美味いんですがね、蕎麦っ食いとしては、何だか張りがないっていうか、調子づかないんですよ。小皿じゃね」

話しながらも圭太郎の箸は止まっていない。程なくして、二十枚を食べ終えてしまった。

「蕎麦圭、さすがでげすね」

喜多八は感嘆の声を上げた。

そこへ、武蔵の天麩羅飯が届いた。

蓋《ふた》が閉まらず、狐《きつね》色の衣に包まれたかき揚げは器からはみ出ていた。香りからすると胡麻油《ごまあぶら》ではなく菜種油で揚げられているようだ。武蔵は笑みをこぼし、蓋をとると、かき揚げに酒をどばどばと注ぎ、蓋を閉じた。

「おつな食べ方でげすね」

喜多八が言う。

「酒で蒸らすと、一層美味くなる」

通ぶって武蔵は返したが、

「ですけど、せっかくの衣がふやけませんかね。やつがれはかき揚げのさくさくっとした歯応えが好きでげすよ」

喜多八にけちをつけられた武蔵はむっとしながら蓋をとった。油と酒の入り混じった香りが立ち昇り、喜多八はむせてしまった。武蔵は何処《どこ》吹く風でかき揚げにかぶりついた。

むしゃむしゃと咀嚼《そしゃく》し、

「うん、これだ。貝柱と衣と天つゆ、それに酒が一つになり、えも言われぬ味わいだ」

言葉を裏付けるように忙《せわ》しげに箸を動かす。さらに、

「かき揚げだけにかき込むぞ」

と、勢いを増し、がつがつと食べる。

「見ているだけで、胸焼けがするでげすよ」

喜多八は天麩羅飯から圭太郎に視線を移した。武蔵も横目で見る。

圭太郎は二十五枚を食べ終え、最後の蒸籠五枚に向かった。

「信州信濃《しなの》の新蕎麦よりも、あたしゃあなたのソバがよい、なんて、言われてみたいですね」

などと軽口を叩きながら、圭太郎は三十枚の盛り蕎麦を悠々と食べ終えた。

「いやあ、参った」

男たちは各々が一分金を圭太郎に差し出した。四人だから四分、すなわち一両を圭太郎は得たのである。

「ど〜も」

頭のてっぺんから発せられたような声で、圭太郎は礼を言った。

「で、大会はどんな按配《あんばい》で」

圭太郎の問いかけに、

「ここの二階でやります。出場資格は最低十枚は食べられる者……で、食べ切れなかったら失格、参加費とは別に十枚分の代金を払う、ということで」

一人が言った。


「旦那、出場なさいますよね」

喜多八が確認すると、

「決まっているだろう」

武蔵は闘志を燃やした。それを受け、喜多八は圭太郎たちに近づいた。揉《も》み手《で》をしながら、

「今、お話しになっていらした蕎麦食い大会、誰でも出場できるんでげすね」

と、問いかけた。

「参加費を払えて最低十枚を食べられるなら、どなたでも参加できます。おまえさん、出場したいのかい」

一人が問いかけると、

「やつがれじゃなくて、あちらの旦那でげすよ」

喜多八は武蔵を見た。

小銀杏《こいちょう》に結った髷《まげ》、白衣姿を確かめ、

「八丁堀の旦那ですか」

圭太郎が言った。

「南町の大門の旦那でげすよ」

喜多八が紹介すると、武蔵は快く出場を認められた。

「賞金は十両でげすね」

喜多八が念を押す。

「間違いないですよ」

圭太郎は男たちを見ながら答えた。

こうして、武蔵も出場することになった。

二

十五日の昼、大会当日を迎えた。

蕎麦屋、慶寿庵の二階に武蔵と喜多八は上がった。二十畳ほどの座敷に蕎麦食い自慢が集まっている。二、三十人はいそうだ。

大会の主催者は先だって圭太郎と一緒にいた男たちで、彼らを代表して一人の恰幅《かっぷく》のいい男が挨拶《あいさつ》に立った。

男は日本橋本町の薬種問屋、武田屋《たけだ》の主人源兵衛《げんべえ》と名乗った。

「みなさん、本日は心行くまで蕎麦を手繰ってください。最低十枚は食べるのが決まりごとですが、上は青天井です。何枚召し上がっても結構でございます。但し、時の制限を設けます」

源兵衛は一時《いっとき》（二時間）の間だと言った。

一時の間に一番多くの蕎麦を食べた者が十両を手にするのだ。

「すいません、ちょっといいですか」

若い男が手を挙げた。

「おや、太田屋《おおた》の若旦那、よくぞいらしてくださいましたね」

源兵衛は声をかけた。

同じ日本橋本町の薬種問屋、太田屋の倅《せがれ》で伊之助《いのすけ》だ。小太りで脂ぎっており、いかにも大食漢に見える。

「あたしゃね、お蕎麦と一緒に貝柱のかき揚げを食べたいんだけど。ここの名物ですからね」

伊之助の要望に、

「そりゃ、構いませんが、それじゃあ、蕎麦が食べられなくなりますよ」

源兵衛が危惧《きぐ》した。

しばし思案の後、

「それもそうだ」

と、伊之助は要求を引っ込めた。

源兵衛の注意は続いた。

「食べ終えた蒸籠は目の前に重ねておいてください。最初に十枚の蒸籠が出ます。それから、三十枚を超すまでは五枚単位で追加してください。食べられなかったら、箸を置いて、手前どもを呼んでください」

と、自分を含め、数人の幹事を指差した。彼らが蒸籠の数を数えるという。喜多八は部屋の後ろに下がった。

出場者は横一列に十人程が並んで座っている。

全部で二十六人だ。中には若い娘の姿もある。大食い大会には場違いな、ほっそりとした美人だった。

源兵衛は最後に、

「一番召し上がった方には十両の賞金が出ます」

この言葉に改めてざわめきが起きた。

女中が五枚重ねの蒸籠を両手に運んできた。次々と蕎麦が運ばれる様は圧巻だ。

「旦那、しっかり」

喜多八が励ましの声をかける。

武蔵は、

「任せろ」

と、胸を叩き自信を示した。

各々の前に蒸籠が行き渡った。

「よろしいですか」

源兵衛がみなを見回したところで、昼九つ（正午）を告げる鐘の音が聞こえた。

「では、食べ始めてください」

源兵衛の声かけで武蔵は箸を取った。部屋の中には蕎麦を啜る音が満ち溢《あふ》れた。

朝餉《あさげ》を抜いて大会に臨んだのは武蔵だけではあるまい。蕎麦食い自慢ばかりの参加とあって、あっと言う間に十枚を平らげる者が続出する。

武蔵も難なく十枚を超えた。

ふと、蕎麦を味わっている場合ではない、と気づいた。とにかく沢山の蕎麦を胃の腑《ふ》に落とし込むのだ。それには、一定の調子で啜り続けるに限る。

山葵は入れないようにした。鼻孔を刺激され、鼻がつんとなっては食べる速度が乱れる。快調に蕎麦を平らげ、蒸籠二十五枚を積み上げた。額や首筋から汗が噴き出した。武蔵は羽織を脱ぎ、襟元をくつろげると扇子で風を送り込んだ。

一息《ひといき》吐《つ》いて次の五枚に挑む。喜多八が傍らに立ち、

「蕎麦圭は二十九枚でげすよ」

と、偵察結果を耳打ちした。

「よし！」

己に気合いを入れ、武蔵は次の蒸籠を取った。圭太郎に差をつけられている焦りからか、顔中から滝のような汗が滴《したた》る。喜多八が扇子で武蔵の顔を扇《あお》いだ。

半時近くが過ぎ、部屋のあちらこちらから、降参する者が出てきている。みな、腹をさすりながら、「もう、食えない」と情けない声を漏らしていた。主催者が薬種問屋だけに、胃散が土産《みやげ》に用意されていた。闘いの場から離脱しても彼らは十両の賞金を得る者を確かめたいのか、部屋の隅に移動して成り行きを見守っている。

四十枚に達したところで、

「蕎麦圭は何枚だ」

武蔵は喜多八に確かめた。

脱落者が継続者を上回っている。喜多八は膝立《ひざだ》ちをして圭太郎の前に積み重ねられた蒸籠を数えた。

「四十四枚でげすよ」

喜多八の報告を受け、

「四枚差か……」

と武蔵が呟《つぶや》いたところで、

「あれ……娘さん、頑張っていらっしゃいますよ。ええっと、ひーふーみー……」

喜多八は娘の前に積み上げられた蒸籠を数え、四十三枚だと武蔵に教えた。思わず箸を止め、武蔵は娘を見た。蒸籠の山の隙間から覗《のぞ》くその風体は、虫も殺さぬような可憐《かれん》な容姿である。容貌《ようぼう》とは裏腹に平らげられた蒸籠の高さが、娘の只者《ただもの》ではない食べっぷりを見せつけていた。

きちんと端座し、紅《べに》を差したおちょぼ口に蕎麦を運んでゆく。乱れのない紅が殺伐とした闘食に色香を添えてもいた。

「旦那、見惚《みと》れている場合じゃないでげすよ」

喜多八に声をかけられ、武蔵は我に返り、蕎麦との格闘を再開した。

喜多八が見物人に娘の素性を確かめた。日本橋本町の薬種問屋大塚《おおつか》屋の娘でお千津《ちづ》だという。


こうして、残るは武蔵の他に蕎麦圭こと圭太郎、大塚屋の娘のお千津、太田屋の若旦那伊之助の四名であった。脱落者が去った座敷にぽつぽつと四人だけが残っている。戦場を去った参加者が積み上げた蒸籠は片付けられ、部屋に点在する四人を見物人たちが遠巻きにしていた。

四十二枚を食べ、武蔵は満腹である。くしゃみをしたら咽喉《のど》から蕎麦が飛び出そうだ。

喜多八が圭太郎、お千津、伊之助の蒸籠枚数を確認してきた。伊之助が四十一枚、圭太郎が四十六枚、そしてお千津は四十五枚で圭太郎に肉薄していた。

みなの注目は圭太郎よりもお千津に集まっている。

かぼそい娘が蕎麦圭の向こうを張り、堂々たる勝負をしているのだ。武蔵が汗だくになりながら必死の形相で箸を動かしているのに対して、お千津は相変わらず背筋をぴんと伸ばし、楚々《そそ》とした佇《たたず》まいで微笑みすら浮かべて箸を進めているのだった。

「あんな細い身体して、何処に入っていくんだ」

「びっくりだな、別嬪《べっぴん》なのに」

「それにしても、いい女だな」

見物人は好き勝手な御託《ごたく》を並べ、お千津の姿に見入っている。武蔵はお千津を気にしながらも己《おの》が蕎麦に集中した。

「水だ、水をくれ」

武蔵は水を要求した。すぐに女中が湯呑《ゆのみ》に水を入れて運んで来た。武蔵は水を飲んで気持ちを新たにすると、四十四枚目の蒸籠を手に取った。最早、蕎麦を食しているのではなく、必死に蕎麦を胃に送り込んでいるだけである。

脂汗が滲《にじ》み、目に入った。

懐紙で目元を拭《ぬぐ》い、大きく息を吐く。

「よし」

再び気合いを入れて蕎麦を手繰る。

横目に映る圭太郎は勢いが鈍っていた。かろうじて一枚、お千津より上回っているものの、お千津の食する調子は変わらないのに、圭太郎の箸の動きは目に見えて鈍っている。対して、五十枚近い蒸籠を積み上げながらも、お千津は美味そうに蕎麦を賞味しているのだ。

それでも、圭太郎は一番乗りで五十枚目を平らげた。

すると、

「あたしにも水だ。水をおくれな」

苦しそうな声で伊之助が頼んだ。

肩で息をし、出っ張った腹をさすっている。顔中から滴り落ちた汗で、着物の襟が黒ずみ、見苦しいことこの上ない。

「若旦那、無理なさらないで……」

見かねた源兵衛が声をかけた。

「無理なんかしてないよ」

伊之助は強がり、水を催促した。女中が水の入った湯呑を持って来て、蒸籠の横に置いた。伊之助は着物の袖から小さな紙包みを取り出し、もどかしそうに開ける。丸薬が入っていた。

伊之助は丸薬を指で摘まむと拝むように一礼し、口の中に放り込んで水で流し込む。

「よし、まだいけるぞ」

己を叱咤《しった》し箸を取った。

丸薬は胃散のようだ。

効き目が早いのか、伊之助は猛然と蕎麦を食べ始めた。

負けられない、武蔵は左手で蒸籠を持ち上げ、汁には浸けずかけ蕎麦のように啜り込み始めた。

「お千津ちゃん、しっかり！」

お千津への声援が大きくなる。

負けじと喜多八も声を嗄《か》らし、武蔵を応援するが、お千津への声援にかき消されてしまう。

すると、

「ううっ」

伊之助が突然苦悶《くもん》の声を発した。

真っ赤な顔で咽喉を掻《か》きむしっている。

蕎麦を咽喉に詰まらせたようだ。

「水を飲ませてやれ」

武蔵が女中に声をかけた。次いで、立ち上がると伊之助の傍らまでゆき、背中をさする。

更には両足を抱え持ち逆さに吊って、蕎麦を吐き出させようとした。

見物人が騒然となる。

女中が慌てて水を持って来た。

伊之助を座敷に下ろした武蔵は水を飲ませようとする。源兵衛や幹事たちが寄って来て、心配そうに見守る。圭太郎も箸を止め、注意を向けてきた。見物人は尚《なお》もざわつく。

ところが、一人、お千津のみは何事もないかのように端然と蕎麦を食べ続けている。五十枚目を食べ終え、

「すいませ～ん、五枚追加、お願いしま～す」

お千津は朗らかな声で注文した。

伊之助の苦難に狼狽《ろうばい》している女中たちだったが、「ただ今」と一人が応じた。

武蔵は伊之助を抱き抱え、口を開けさせると、箸を突っ込んだ。詰まった蕎麦を無理やり摘まみ出そうとしたのだが、

「ううっ」

断末魔のような声を漏らし、伊之助はぐったりした。

「おい、しっかりしろ」

武蔵は伊之助の身体を強く揺さぶった。

伊之助は返事をしない。両目もかっと見開かれたまま動いていなかった。

「医者だ」

武蔵は叫んだが、最早伊之助が事切れているのは明らかだ。

「若旦那……若旦那……伊之助さん！　返事をしてくださいよ」

源兵衛が必死の形相で呼びかけたが、伊之助は無言の骸《むくろ》と成り果てていた。

座敷は一瞬静まりかえった。

三

「参りましたでげすね」

喜多八は首を左右に振った。

武蔵と喜多八は慶寿庵の一階に下りている。

慶寿庵の二階からは見物人たちが去り、蕎麦食い大会は中止となった。圭太郎は抗議している。あの時点で圭太郎は五十一枚、お千津は五十枚だった。ちなみに武蔵は四十五枚、伊之助は四十三枚を食べていた。

「中止はないだろう、って蕎麦圭は強く訴えているそうでげすよ」

喜多八は言った。

「まあ、圭太郎にすれば中止はひどいってことになるのだろうが、どうだろうな。あのまま何事もなく大会が終了していたら、お千津が勝っていたかもしれねえぞ」

武蔵の考えに、

「そんな声が、見物人の間からも聞こえているんでげすよ」

喜多八は同調した。

「お千津……何者なんだっけ」

武蔵が疑問を呈する。

「日本橋本町の薬種問屋、大塚屋の娘だそうでげすよ」

「ああ、そうだったな。大塚屋の娘か……。大したもんだな」

「女傑でげすよ」

「あんな細い身体で、蕎麦五十枚だ。おれはもう当分蕎麦はいらん。見たくもない」

降参だと、武蔵は敗北を認めた。

「やつがれも見ているだけなのに蕎麦で満腹になった気がしたでげすよ」

喜多八も蕎麦は当分食べたくない、と嘆いた。

「それにしても、伊之助、気の毒なことをしたな」

武蔵が言うように、蕎麦を咽喉に詰まらせて死ぬとは、あまりにも不運だ。年寄りが餅《もち》を咽喉に詰まらせて窒息死するのは珍しくないが、伊之助くらいの若さで窒息死とは浮かばれない。

「太田屋の跡継ぎだったんだろう」

「そのようでげすよ。遊び人で、放蕩息子《ほうとうむすこ》って評判でげすね。日がな一日、盛り場をほっつき歩き、薬種のこともろくに知らず、太田屋さんの悩みの種だったって、死んだっていうのにいい評判を聞きませんよ」

喜多八は肩をすくめた。

「ま、どんな出来損ないでも死んだら仏だ。若くして死んだのは、天命ってやつかもしれないな。蕎麦好きだったのだろうよ。蕎麦で死ねれば本望って考えてやるのがせめてもの供養というわけだ」

武蔵が言うと、

「ほんと、そう思えば慰めになるでげすね」

喜多八は手を合わせた。

「成仏してくれ」

武蔵も二階を見上げ、合掌した。

ひとしきり伊之助の冥福《めいふく》を祈ってから、

「でも惜しかったでげすよ、旦那」

喜多八は賞金を惜しんだ。

「いや、おれはもうあれで精一杯だった。何度も言うが勝ちはお千津だっただろうさ」

武蔵の言葉に喜多八も納得したようにうなずいた。


それから、三日後であった。

御蔵入改の面々が柳橋の船宿、夕凪の二階に集められた。

「何か、稼ぎ話でげすか」

期待を込めて喜多八が但馬に問いかけた。

「あいにく、稼ぎ話ではないのだがな」

但馬はにんまりと笑うとお藤に目配せした。お藤は階段から下に声をかける。お手伝いの娘たちが階段を上がって来た。盆には蒸籠が重ねられており、蕎麦が香り立っていた。

「まあ……」

お紺《こん》がうれしそうに目を見張った。

髪を洗った時のまま下げた、いわゆる洗い髪を鼈甲《べっこう》の櫛《くし》で飾っている。水茶屋の看板娘に多い、伝法な髪型である。着物も、紫地に蝶《ちょう》が描かれた小袖に、紅色の帯を締めるといった派手な装いで、素足の指に紅を差していた。開け放たれた窓から吹き込む色なき風に髪がなびき、紅を差したおちょぼ口が艶《なま》めかしい。

お紺は、但馬が長崎奉行を務めていた頃、旅芸人一座に属す傍ら、すりをしていた。但馬が江戸に戻ると、慕って追って来て御蔵入改に加わった。

「新蕎麦ですか、よいですな」

緒方小次郎《おがたこじろう》も相好を崩した。

北町奉行所元定町廻《じょうまちまわ》り同心、二十六歳の働き盛りだ。目鼻立ちが整った彫りの深い顔立ちは誠実さと筋を通す折り目正しさを感じさせるが、融通の利かない一徹者という印象も与える。

実際一徹さから、定町廻り同心が商人から袖の下を受け取る慣例を批難する上申書を与力に提出した。それが同僚の反感を買い、定町廻りを外されてしまった。籍は北町奉行所に留め置かれ、御蔵入改方に出向の身となっている。

対して、

「蕎麦か……」

武蔵は苦い顔をした。

「この蕎麦、但馬の旦那が打ったんですよ」

お藤が言葉を添えた。

「お頭《かしら》が……それはそれは、ありがたく賞味させて頂きます」

小次郎は恐縮し、

「お頭は長崎では卓袱《しっぽく》料理を作ってくださいましたね」

お紺は珍しく思い出に浸った。

歓迎する二人とはあべこべに、武蔵はため息を吐いた。

「なんだ、蕎麦は嫌いか」

但馬が声をかける。

「いや、そういうわけでは……」

武蔵にしては珍しく曖昧《あいまい》な言葉を口にした。喜多八が含み笑いをする。

「さあ、みなもやってくれ」

自ら範を示すように但馬は盛大な音を立て、蕎麦を啜った。武蔵も冴《さ》えない顔で箸を取る。武蔵を除くみなは舌鼓《したつづみ》を打ちながら蕎麦を堪能《たんのう》し始めた。当分蕎麦を食べたくない、と言っていた喜多八までもが、

「こりゃ、コシがあって風味も豊かで、そんじょそこらの蕎麦屋のものより、よっぽど美味いでげす」

などとよいしょ交じりに蕎麦を手繰っている。武蔵は自分の蒸籠から蕎麦をすくい、そ

っと喜多八の蒸籠に移した。

蕎麦を食べ終えたところで、

「御免くださいまし」

女の声が聞こえてきた。

お藤が階段を下りていった。

「お頭、器用でげすね」

喜多八は但馬の蕎麦打ちの技量を褒《ほ》め称《たた》え、決してよいしょではないと言い添えた。世辞とわかりつつも但馬は満更でもなさそうに微笑んだ。

お藤が、

「但馬の旦那、ご相談の方ですけど、お通ししてよろしいですか」

と、問いかけてきた。

「むろんだ」

但馬が答えると、お藤が階段の上から二階に上がるよう声をかけた。やがて、中年の女が部屋に入って来た。品のよさそうな、大店《おおだな》のご新造といった風である。女は御蔵入改の面々が揃《そろ》っていることに驚きを示した。

それを察して、

「みな、わしの配下である。そなたの頼み事についてこれらの者が探索に当たる。今日は偶々《たまたま》、雁首《がんくび》を揃えておる。そなたからみなに直接、話してもらった方が、探索もやりやすかろうと思うが、気が進まぬのなら、席を外させる」

但馬の問いかけに女はみなが同席するのを了解し、

「わたしは、日本橋本町の薬種問屋太田屋の女房で菊《きく》と申します」

と、名乗った。

喜多八が声を出しそうになり、武蔵も大きく目を見開いた。

お菊は話を続けた。

「本日お伺いしましたのは、倅のことにございます」

倅、伊之助が慶寿庵で行われた蕎麦食い大会に出場し、咽喉を詰まらせて死んだ経緯を述べ立てた。

「本当に無茶なことをしたもんだと、わたしも亭主も伊之助の馬鹿ぶりを嘆き、悲しんでいたところです」

お菊は懐紙で目頭を拭った。

喜多八が武蔵の膝を指で突《つっ》いた。武蔵はただ口を引き結んでいる。お菊が落ち着くのを待ち、但馬は続きを促す。

「伊之助は咽喉を詰まらせて死んだのですが、わたしには、殺された、としか思えないのでございます」

不穏なことをお菊は言い出した。

喜多八が首を捻《ひね》ったのに対し、武蔵は素知らぬ体《てい》を装っている。

「ほほう」

但馬は興味深そうにうなずいた。

小次郎がお菊に問いかける。

「伊之助が殺されたとは、蕎麦を咽喉に詰まらせたのではなく、たとえば、毒でも盛られたのではと疑っておるのか」

お菊は小次郎に向いて答えた。

「慶寿庵には南の御奉行所の同心さまが居合わせておられ、伊之助が咽喉を詰まらせた時、助けようと懸命に努力してくださったそうですが、その甲斐《かい》なく倅は命を落としました。お医者さまが検案をなさり、毒が盛られたわけではない、と診立《みた》てられもしました。ですから、伊之助は事故死だと、南の御奉行所で断定されたのでございます。それは承知しております。それでも、わたしは、伊之助は殺されたのではと考えるのです」

「南町はちゃんと伊之助の亡骸《なきがら》を調べたのであろう。毒殺ではないとしたら、伊之助の口に無理やり蕎麦を押し込んだ、ということになろうが、闘食会には大勢の者がおったはずだ。その者たちの面前で、そんなことはできまいし、実際、行われておらぬのだろう」

小次郎が指摘すると、お紺は横目で武蔵を見た。南町の同心である武蔵なら、伊之助の事故死について詳細を知っているのではないか、と思っているようだ。

「慶寿庵さんでの蕎麦の闘食は、薬種問屋仲間の武田屋さんが主催しておられました。武田屋さんにも確かめたのですが、伊之助の死に、殺しを疑う余地はない、ということでした。それでも、わたしは伊之助が殺されたのだと思うのです」

切々とお菊は言い立てた。

「どうして殺しを疑っておるのだ」

小次郎の問いかけに、

「武田屋さんです」

と、ぽつりとお菊は答えた。

「武田屋は蕎麦の闘食の主催者だと申したではないか」

小次郎が説明を求めた。

「武田屋さんの御主人源兵衛さんは、伊之助に深い恨みを抱いておられたのです」

お菊が目を尖《とが》らせた。

武田屋源兵衛には娘がいた。一人娘のお咲《さき》だ。

「伊之助とお咲ちゃんは深い仲になりまして、昨年の今頃、二人は夫婦《めおと》約束をしたのです。わたしも亭主も源兵衛さんもそれは大いに喜んだものです。母親の恥を晒《さら》すようですが、一人息子ということで甘やかして育てました。そのせいで、二十五にもなるのに、伊之助は店を手伝おうともせず、遊び惚《ほう》けておりました。そんな伊之助でも身を固めれば、まっとうに働いてくれると期待したのです」

その時の思いがこみ上げたのかお菊は涙ぐんだ。懐紙で涙を拭い、気を取り直して話を続ける。

「ところが、喜んだのも束の間でした。伊之助は、突然、夫婦約束を破棄すると言い出したのです」

伊之助はお咲との婚約を一方的に破棄してしまった。わけを聞くと、「何となく」などと実にいい加減な返事しかしなかったという。

「お咲ちゃんは気の毒なことに、気鬱《きうつ》になってしまい……」

お菊は両手で顔を覆った。

聞くに忍びない展開であろうことは、誰の目にも明らかだ。

果たして、

「それからしばらくして、お咲ちゃんは首を括《くく》って……」

声を詰まらせ、お菊は言い添えた。

「むげえ話でげすよ」

喜多八が声を上げた。

「武田屋は伊之助のせいで一人娘を失った、と恨んでおるというのだな」

但馬が確かめる。

「武田屋さんは、わたしが弔問に出向きました時には、悲しいし悔しいが、お咲は自害したのだから、伊之助さんを恨んだところでどうしようもない、と気丈にもおっしゃってくださったんです」

しかし、それはあくまで表面上のことで、実は深い恨みを伊之助に抱き続けていたのではとお菊は推測した。お咲が幼い頃、源兵衛は妻に先立たれ、男手一つで娘を育てた。しかも、他に子はなく、目に入れても痛くない一人娘なのだ。愛娘《まなむすめ》が幸せの絶頂から地獄に突き落とされ、源兵衛は身が裂かれる思いだったに違いない。自害直後はお咲を失った悲しみが先に立っていたのだろうが、時が経《た》つに従い、お咲に対する哀惜の念は、伊之助への憎悪、恨みに変わったとしても不思議ではない、とお菊は考えているという。

「蕎麦の闘食会を主催したのは武田屋なのだろう」

もう一度、小次郎は確かめた。

「はい」

お菊は首を縦に振った。

「伊之助は蕎麦好きだったのだな」

但馬が問いかける。

お菊は頭《かぶり》を振った後、

「ここのところ好きになったのです」

と、妙な返答をした。

みなの訝《いぶか》しみを感じ取ったようでお菊は説明を加えた。

「元々、蕎麦は大嫌いだったのです。蕎麦を食べると身体中が痒《かゆ》くなる、蕁麻疹《じんましん》が出る、などと毛嫌いしておりました。ところが、最近になって突如として好きになったのです」

「最近になって……とは」

但馬が問い返す。

「その……我が子ながら伊之助はほんとうにとんでもないい男でございます。いい加減な男でございます」

お菊はまたも息子を詰《なじ》り始めた。それは愛情の裏返しのようだ。

「そう思う理由をはっきり申してくれ。そうでないと、探索ができぬ」

躊躇《ためら》うお菊に但馬が問いかけた。

「そもそも伊之助がお咲ちゃんとの縁談を破棄することになったのも、蕎麦好きになって闘食会に出たのも、ある娘のせいなのです」

昂《たかぶ》っている感情を抑えるためか、お菊の声はしぼんでいった。

「その娘とは……」

但馬が問いを重ねたところで、

「大塚屋のお千津でげすね」

思わず喜多八は口を挟んだ。

みなの視線が喜多八に集まった。

しまったというように喜多八はたちまちそっぽを向いた。お菊は驚きと戸惑いの入り混じった顔で喜多八を見返すと、

「そうです。お千津ちゃんです」

と、どうして知っているのか訝しむように答えた。

「喜多さん、どうして知っているのよ」

お菊の代わりにお紺に問われ、

「その、何でげすよ、虫の知らせっていうんでげすかね」

しどろもどろになった喜多八に、

「虫が知らせるわけ、ないでしょう」

お紺はぴしゃりと言った。

困り顔の喜多八に代わって武蔵がわけを話した。

「実はな、伊之助が死んだ時、その場に居合わせた南町の同心っていうのはおれなのだ。つまり、蕎麦の闘食会に出ていたってわけだ」

武蔵が打ち明けると、

「ほう、そうだったのか。であれば、話が早いではないか。大門、伊之助は殺されたのか」

但馬が確かめた。

お菊は不安そうな目を武蔵に向けた。

武蔵はおもむろに闘食会の様子を語り、

「それで、闘いが佳境に入った時、伊之助が咽喉に蕎麦を詰まらせたのだ。おれは、伊之助を介抱したが、力及ばずだった」

と言うややおら立ち上がり、喜多八をひっくり返す。喜多八は驚きの声を上げ抗《あらが》ったが構わず、両足を持ち逆さ吊りにして伊之助介抱の様子を再現した。

「だから、はっきりしている。伊之助は毒を盛られたんじゃない。何者かに蕎麦を咽喉に押し込まれたのでもない。正真正銘の事故だった」

武蔵は結論づけ、喜多八から手を離した。

「それはわかっています」

お菊はあっさりと認めた。

その上で、

「毒を盛られたのでも無理やり蕎麦を食べさせられたのでもなく、そもそも伊之助がそんな無茶な大会に出ようと思ったのがお千津のせいなんです」

お菊は、「お千津」と呼び捨てにした。

喜多八が、

「ですからね、お内儀《かみ》さんのお気持ちはわかりますが、ありゃ殺しじゃなかったんでげすよ」

と、口を挟んだ。

対して但馬は、

「お千津のせいだと思うわけを聞かせてくれぬか」

と、問いかけた。

憎悪の炎を目に宿しながらお菊は言った。

「お千津は伊之助をたぶらかしたんです」

お千津は、伊之助がお咲と夫婦約束をしたのを承知で近づいた。魔性の女、お千津の魅力に取りつかれた伊之助は、お千津の影響を受けるようになった。

お千津が好む物を買ってやり、お千津が大好物の蕎麦を無理して食べるようになった。

「すっかり、お千津に骨抜きにされてしまったのです」

「蕎麦の闘食会に出場したのも、お千津に誘われて、ということか」

但馬に問われると、

「その通りです」

お菊は即答した。

それから言葉足らずと思ったのか、

「闘食会で一番を取るか蒸籠五十枚を平らげれば、伊之助さんの女房になるって、言われたそうですよ」

と、顔を歪《ゆが》めた。

「そのために無理して蕎麦を食べ、挙句に咽喉を詰まらせたということか。しかし、それでも、あくまで本人の責任、お千津を罪には問えぬぞ」

落ち着いて但馬は告げた。

「それはわかっているのです。ですが、わたしは、どうしても、お千津が許せないのです。お千津は伊之助の通夜に顔も出さず、線香の一本すら上げに来なかったのです」

お菊は訴えた。

みな、困り顔である。

お菊のお千津への恨みはわかる。だからといって、お千津を罪に問うことはできない。

「こちらは、御奉行所ではお取り上げにならない一件を扱ってくださるのですよね」

というお菊に対して、

「確かにその通りではあるが、今回の一件、お頭がおっしゃったように、お千津を罪に問うことはできぬ。伊之助はあくまで事故で死んだのだ」

冷静に小次郎は語りかけた。

お菊はきつい目をして、

「何度も申しますが、わかった上で頼みに来たのです。お千津を裁いてください、とはお願いしておらぬのです。恨みを晴らして欲しいのです」

と、言った。

小次郎が異を唱えようとするのを但馬が制し、

「我らは、御蔵入りとなった一件を扱う。時には法度《はっと》の網を潜《くぐ》り抜けた悪党を成敗することもある。だが、それは私怨《しえん》を晴らすものではない。私怨を晴らすのを役目とは申さぬ。お菊、気持ちはわかった。辛《つら》かろうが、伊之助の冥福を祈ってやるのだ」

と、穏やかに諭した。

お菊はうなだれた。

納得がいかないようだ。誰も声をかけることができない。

「わかりました」

やおら、お菊は立ち上がった。

途端によろめく。お紺が手を貸そうとしたのをお菊は断り、部屋から出ていった。

重苦しい空気が流れた。

「気の毒ですが、どうしようもないでげすね」

喜多八が言った。

「大門、明白に殺しの疑いはないのだな」

但馬は念押しした。

「ないな」

武蔵は即答した。

但馬がうなずいたところで、

「ただ、お菊の気持ちもわからぬではない。というのも、当日のお千津って娘の様子だ」

武蔵はおもむろに言い添えた。

「何か変わった様子でもあったのか」

但馬の問いかけに、

「何も変わった点がなかったのが妙なのだ」

武蔵は謎《なぞ》かけのような言葉を返した。

みなの視線を集めながら言った。

「お菊の話を聞くまで、伊之助とお千津の間柄など知らなかった。闘食会の日も、特別親しげな様子はなかった。お千津は、伊之助が蕎麦を咽喉に詰まらせて苦しんでいる時も涼しい顔で蕎麦を食べ続けていた。夫婦になってもいいと言ったにしては、まるで他人行儀だった。そんなに近しい仲だったなら、お千津が真っ先に伊之助を介抱しただろうに……」

武蔵が疑問を投げかけると、

「お千津にはその気がなかったってことでげしょう」

喜多八が言葉を添え、

「そうなると、益々《ますます》、伊之助が哀れでござるな」

小次郎が言った。

お紺が洗い髪をかき上げ、

「お千津の気を引こうとして、言葉は悪いけど、伊之助は自滅したってわけね」

達観めいた言葉を発した。

「そりゃ、あまりにも気の毒でげすよ」

喜多八が伊之助の肩を持つようなことを言うと、

「でもね、伊之助だって夫婦約束をした娘を袖にして、そのお咲は首を括ったんでしょう」

お紺は反論した。

「そうか、因果応報ってことでげしょうかね」

喜多八は納得した。

「今回の一件、引き受けることはできぬ、ということでよいな」

但馬はみなに確認した。

異論が出ることはなかった。

何となく胸にもやもやしたものを抱きながら、みな船宿を後にした。

武蔵はどうにも後味が悪く、それを吹っ切るかのように肩で風を切って歩き出したが、

「妙な気分だぜ」

と呟くと、慶寿庵に足を向けた。

四

慶寿庵に着くと、一階の座敷に蕎麦圭こと圭太郎がいた。

どことなく暗い顔つきで蕎麦を食べているが、勢いがない。蒸籠に盛られた蕎麦はほとんど減っておらず、しかも一枚だけだ。蒸籠の脇に、空になった二合徳利が一本転がり、もう一本を手酌で飲んでいた。

武蔵と目が合い、圭太郎はぺこりと頭を下げた。酔いが回っているようで、目元が赤らみ上半身が揺れている。

武蔵は圭太郎と向かい合わせに座ると、酒と蕎麦味噌を頼んだ。ほろ酔い気分なのかと思い、

「ご機嫌だな」

と、声をかけた。

圭太郎は薄笑いを浮かべ、

「旦那……南町の大門の旦那でしたね……あたしが、機嫌いいもんですか」

と、猪口《ちょこ》の酒をぐいっと飲み干し三本目を追加した。武蔵の酒と蕎麦味噌が来た。武蔵は自分の二合徳利を持ち、圭太郎に酌をしてやった。圭太郎は肩をすくめ、それを受ける。

「闘食会の賞金十両を摑《つか》みそこなった、と気分を害しておるのか」

「大門の旦那、太田屋の伊之助さんが咽喉を詰まらせた時、助けようとなさったでしょう」

「ああ、手当ての甲斐はなかったがな」

武蔵も自らの猪口に酒を注《つ》いだ。

圭太郎は猪口を折敷《おしき》に置くとため息を吐いて言った。

「あたしゃ、あれから、どうにも後味が悪くって、以前のように蕎麦が咽喉を通らなくなったんですよ」

それでも、蕎麦好きゆえ食べてはいるが、蕎麦特有の喉越しを味わうことができず、

「こんな具合に……」

蕎麦を箸で摘まみ、短く切って汁に浸け、酒の肴のようにして食べているそうだ。背中

も丸まり、蕎麦圭と称された面影はない。

「自分も蕎麦が咽喉に詰まるかも、という恐れを抱くようになったのか」

武蔵の問いかけに、圭太郎は指で咽喉をさすり、

「それもあるんです。今朝もですね、蕎麦を咽喉に詰まらせる夢を見ましたよ。両手で咽喉を押さえ、もだえ苦しみながら目を覚ましました」

ぐっしょりと寝汗をかいた、と苦笑した。悪夢を語ったことで勢いがついたのか、圭太郎は話を続けた。

「あたしが以前のように蕎麦を沢山食べられなくなったのは、咽喉を詰まらせる恐れに加えて、伊之助さんへの申し訳なさってやつもありましてね……言ってみれば、後ろめたさが咽喉が詰まる恐怖の根っこにあるんだって、思っているんですよ」

「自分を責めるのはわからなくもないが、しょい込まない方がいいぞ。おまえは闘食会に参加した一人というだけだ。十両獲得を目指して蕎麦を手繰っていたに過ぎない。伊之助は自分で蕎麦を咽喉に詰まらせて死んだ。同情を寄せるのはわかるが、おまえのせいじゃない」

武蔵の慰めを聞きながらも、圭太郎は表情を曇らせたまま言った。

「実はね、あたしは伊之助さんに蕎麦の食べ方を指南したんですよ」

意外なことを圭太郎は告白した。

「指南というと」

武蔵は首を捻った。

この時代、江戸中に指南所、稽古所があった。三味線、小唄、日本画、習字、俳諧《はいかい》は言うに及ばず、思いもかけない稽古事が催されていた。たとえば、あくびを指南するところもあるそうだから、蕎麦圭なら、蕎麦の食べ方指南を求められても不思議はない。

「伊之助さんは、蕎麦を沢山食べるにはどうしたらいいか、あたしに教えを請いたいって弟子入り志願をしていらしたんですよ」

伊之助は何としても蕎麦の闘食会で優勝したい、あるいは五十枚を食べたい、その一心で、蕎麦食い修業をしたいと願い出てきたそうだ。

「それについては、おれも耳にした。伊之助は、お千津に惚れ込んでいたんだってな。夫婦になりたければ闘食会の一番を取るか五十枚を平らげるか、お千津に条件を出されて、すっかりその気になっていたらしいぞ」

武蔵の話を聞き、

「惚れた一念、ってわけで、伊之助さんはとにかく蕎麦を沢山食べようって必死でしたよ」

圭太郎は弟子入りなどという堅苦しいものじゃなくって、もっと気軽に蕎麦を味わう気持ちでやったら、と勧めたそうだが、伊之助は目の色を変えて蕎麦を手繰っていたそうだ。

「どんな修業をしたんだ。そもそも修業すれば沢山蕎麦を食えるものなのか」

武蔵は疑問を呈した。

「蕎麦は咽喉で食べるんだって教えたんです。蕎麦食いなら誰もが自然とやっていることですがね、それで、一定の調子で食べなさいって。蒸籠から箸で五、六本摘まみ、汁に浸けて啜り上げ、嚙《か》まずに飲み込む。この一連の流れを滞らず行えるだけの分量の蕎麦を手繰れ、と。つまり、一度に沢山であったり、少なすぎたりしては駄目だということです」

圭太郎は言った。

武蔵は腕を組み、

「もっともだとは思うが、けちをつけるようですまぬ。それくらいのこと、誰でもやっておるのではないか」

と、抗議めいた問い直しをした。

圭太郎は静かに微笑み、

「では、試しに一枚食べてみましょうか」

「ああ、いいぞ」

武蔵が了解したため、圭太郎は盛り蕎麦を二枚頼んだ。蕎麦が届くまで、各々手酌で酒を飲んだ。

やがて、武蔵と圭太郎の前に蒸籠が置かれた。

「では、あたしが申しましたことを意識しながら食してみてください」

圭太郎に言われ、

「一箸当たり、一定量の蕎麦を一定の調子で食すのだな。よし」

武蔵は箸を取り、蒸籠の蕎麦を摘まんだ。いつもなら、がばっと摘まめるだけの蕎麦を取り、汁にどばっと浸けるのだが、慎重に六本の蕎麦を摘まんで汁に浸けた。

ちらりと圭太郎に視線を向けると、普段通りに淡々と蕎麦を手繰っている。

武蔵は圭太郎に言われた通りに箸を使い続けた。最後の一摘まみになったところで、

「待ってください」

圭太郎に止められた。

武蔵はびっくりして箸を止める。

すると圭太郎は自分の蒸籠を示している。

「あたしも最後の一摘まみなんです」

圭太郎の蒸籠には一箸分の蕎麦、すなわち、六本の蕎麦が残されており、容易に摘まみ

上げられる。対して武蔵の蒸籠には短くちぎれた蕎麦の破片が交じり、蒸籠の縁にこびり付いたりして、摘まむのに苦労する。いつものことなのだが、武蔵はこうした残りの蕎麦をそのままにしたり、蕎麦猪口にかき入れたりしている。

圭太郎はおもむろに言った。

「一定の量、同じ調子で蕎麦を手繰ると、あたしのような状態になるのです。これができたら、蕎麦は沢山食べられます」

「なるほど……こりゃ、修業しないとできないな」

深く感じ入ったものの、

「だが、一定の量を同じ調子で手繰るだけで五十枚も食べられるものなのか」

武蔵は問いかけた。

「今申しましたのは、あくまで蕎麦を手繰る技です。おっしゃるように技だけで五十枚は食べられません。味わっていたんじゃ、沢山は食べられませんね。闘食会で蕎麦の味わいを求めてはいけません」

求道者めいたことを圭太郎は言った。

武蔵は残骸《ざんがい》となった蕎麦に申し訳ないと内心で詫《わ》びて、蕎麦猪口にかき入れた。

ここで圭太郎は真顔になった。

武蔵は圭太郎の表情の変化に気づき、どうしたのだと目で問いかけた。

「伊之助さんは、あたしの指南通りに蕎麦を手繰ろうとしていたんですが、どうも巧《うま》くいかず苛立《いらだ》ってしまわれ、もっと手っ取り早く沢山蕎麦を食べられる方法を求めました。はっきり言えば、蛇眼草《じゃがんそう》が欲しいと……」

圭太郎の答えに、

「じゃがんそうって何だ」

武蔵は首を傾《かし》げた。

「蛇の眼の草と書くんです」

圭太郎は箸で宙に、「蛇眼草」と書いた。武蔵も指で畳に、「蛇眼草」と書き記した。圭太郎は続けた。

「胃の中に収めた食物をあっと言う間に溶かすって薬なんです」

「そんな薬があるのか」

「ある……と信じる者もいるんです。いわば幻の薬です」

「それをおまえが持っているって、伊之助は信じていたのか」

「あたしがここで信州を訪れた時のことを話したら、日本橋本町の薬種問屋さんの間でそんな噂《うわさ》が広まったんですよ。うわばみの話です」

うわばみとは大蛇のことだ。大蛇が大きな獲物を丸呑みすることから、大酒飲みをうわばみとも言う。

伊之助は薬の行商で信州を回った。

木曽《きそ》の山中を旅していた時にうわばみが野兎《のうさぎ》を呑み込むのを目撃した。それを土地の人々に話すと、うわばみが自分よりも大きな獲物を呑み込めるのは、赤い色をした草を食べているからだ、と言われた。確かに、野兎が呑み込まれた草むらには赤い色をした草が咲き乱れていた。

「それが蛇眼草だと言われているんです」

圭太郎は話の種にと蛇眼草を持ち帰り、自分で煎《せん》じて薬種とした。慶寿庵で蛇眼草の話を披露したら、話に尾鰭《おひれ》がつき、蕎麦圭は蛇眼草の煎じ薬を飲んでいるから、いくらでも蕎麦が食べられる、という噂が日本橋本町の薬種問屋の間で広まったのだそうだ。

そういえば、闘食会の場で伊之助は咽喉を詰まらせる前に、丸薬を服用していた。胃散だと思ったが、あれが蛇眼草の煎じ薬だったのだろう。

「伊之助は蛇眼草を煎じた薬を飲みさえすれば、蕎麦の五十枚くらいは食べられる、と信じ込んでいたのだな」

武蔵が確認すると、

「その通りです。あたしは、そんな薬じゃないって何度も言ったんですがね。伊之助さんはそんなはずはないって、そりゃもうしつこくて……それで、根負けして、蛇眼草の煎じ薬を差し上げたんですよ」

　圭太郎は言った。

「闘食会で飲んでいた丸薬だな」

「そうです」

　圭太郎は首を縦に振った。

「闘食会以前にも服用したのかな」

「存じませんが、試したかもしれませんね」

「効いたのかな」

「効いたのかもしれませんな」

「しかし、そんな薬じゃないのだろう」

「ありません。ありませんがね、人というのはおかしなもので、その薬に効能があると信じ込むと、本当に効くことがあるのですよ。鰯《いわし》の頭も信心からと申しますが、薬も同じですな。それに、蕎麦にはそもそも、消化を促す作用もありますんで」

　薬種の行商人らしく圭太郎は説明した。

実際、薬には怪し気なものも珍しくない。万病に効くという薬が売られているが、そもそもどんな病にも効能のある薬などあるはずがない。

「蛇眼草は評判がいいのですよ。分限者《ぶげんしゃ》には高値でも買われているのです」

実は、と断ってから圭太郎は語り始めた。

圭太郎は蕎麦の闘食会の主催者、武田屋から薬を仕入れて行商に歩いている。蛇眼草の話に源兵衛は飛びつき、上得意に限り売り始めたところ好評だった。源兵衛は大々的に売り出そうと、奉公人を木曽の山中に派遣して蛇眼草を大量に刈り取ってきた。

それを煎じて大量の丸薬にし、闘食会後に量販する予定でいた。一番となった圭太郎が沢山の蕎麦を食べられるのは蛇眼草の丸薬のお陰だと宣伝するつもりだったのだ。しかし、伊之助が蕎麦を咽喉に詰まらせて死んだため、目算通りにはいかなくなった。伊之助が蛇眼草の丸薬を飲んだのが発覚すれば、薬の効能が疑われ売れなくなると、源兵衛は販売を見合わせたそうだ。

「そんなに蛇眼草、需要があるものかな」

圭太郎の話を聞いても、武蔵は購買意欲が湧かない。効き目が疑わしいからだけではなく、そもそも胃の腑を空っぽにしてまで沢山食いたいとは思わない。ただでさえ、食欲旺盛な武蔵である。これ以上、大食漢になったら、子沢山の一家を食わせてゆけなくなる。

「それはやはり、闘食ですよ」

　圭太郎は言った。

　闘食、いわば大食い大会があちこちで開催されていたのである。大食いの対象は蕎麦に限らず、白飯、餅、稲荷《いなり》寿司、団子、酒など様々あるが、異色なのは醬油だ。

　東西馬鹿番付表というのがある。

　この時代、番付の最高位は横綱ではなく大関だ。馬鹿の東の大関は一日釣りをしている人を見物する奴、西の大関は闘食会で醬油を一升飲んで死んだ奴、とされた。江戸の庶民は、大食いに熱狂したのである。

「そんなわけですからね、あたしは蛇眼草の煎じ薬を売るために、蕎麦の大食い大会で一番を取り続けなければならなかったんですよ。武田屋さんにはお世話になっていますんでね」

　圭太郎は悩ましそうに言った。

「おまえも満更、好きで蕎麦の闘食をやっているわけじゃないんだな」

　武蔵が同情すると、

「あたしは、根っからの蕎麦好きです。本当は、量より質と申しますかね、美味い蕎麦をじっくりと味わいたいんですよ。沢山食べるのがいいとは思ってないんです」

しみじみと圭太郎は本音を吐露した。

「その気持ちはわかるな。おれは酒が好きだが三合くらいまでは美味い酒だって感激して飲んでいても、四合を過ぎる頃からは、下り酒だろうが関東地廻りの酒だろうが、どっちでもよくなるんだ。酔えればいいってな。そんな勢いで飲み過ぎて二日酔いに苦しむってオチさ」

武蔵は頭を掻いた。

「よくわかります」

圭太郎もうなずいた。

「その蛇眼草の煎じ薬、日本橋本町の薬種問屋で扱っているのは武田屋だけなのか」

「はい。ですが、申しましたように、売るのは止《や》めるおつもりのようです」

「武田屋源兵衛か……」

武蔵は顎《あご》を掻きながらふと、

「お千津の大塚屋はどうなのだ。お千津がおまえに負けないくらい沢山の蕎麦を食べられたのは、蛇眼草の丸薬の効能を信じて服用していたからじゃないのか」

と、問いかけた

「いいえ、大塚屋さんは扱っておりません。武田屋さんは独り占めをなさるおつもりですから……それに、お千津さんは、稀《まれ》なる蕎麦っ食いですよ。先程話しました、一定量の蕎麦を一定の調子で手繰る腕を持っておいでですからね。薬に頼らなくたって沢山食べられます」

圭太郎は言った。

「あの食べっぷりからすると、得心がゆくな。それに比べて伊之助は効能を信じ込んだ薬頼みだったんだな。伊之助の死で武田屋は蛇眼草の丸薬売り出しの出鼻を挫《くじ》かれたってわけだ……あれ、待てよ。おまえ、蕎麦の闘食会で一番になったところで武田屋は大々的に薬を売り出すつもりだったって言ったな。土産に用意されていた薬がそうだったのか」

武蔵が問うと、

「あれはただの胃散ですよ」

きょとんとした顔で圭太郎は答えた。

「どうして、蛇眼草の丸薬を土産にしなかったのだろう。一粒でも二粒でも持たせれば、宣伝の効き目は大きいと思うがな。鰯の頭も信心で、効き目があるってありがたく服用したら、蕎麦圭さん愛用の丸薬、さすがは効果てき面だって調子のいいことを言う奴も出てくるぞ。売り出しの好機だったと、おれは思うのだがな」

武蔵の疑問に圭太郎もうなずく。

「あたしもそう思って、武田屋さんに蛇眼草の丸薬を土産にしないのかって、訊《き》いたんですよ」

源兵衛は数が揃えられなかったと答えたそうだ。

「闘食会の日程はどれくらい前から決まっておったのだ」

続く武蔵の問いかけに、

「一月《ひとつき》も前からですよ。慶寿庵さんも、沢山の蕎麦を打つんで蕎麦粉の調達に職人、女中の手配だってありますんでね」

圭太郎は答えながらも訝しんだ。

源兵衛は蛇眼草を独占的に売り出そうと奉公人を木曽に行かせ、刈り取らせて準備を進めていたはずだ。それが、数が間に合わなかったとは解せない。

そろそろ帰ります、と圭太郎は立ち上がった。勘定をすませようとしたが、おれが持つ、と武蔵は引き受け、

「その代わり、武田屋に寄って源兵衛にここまで来て欲しいって頼んでくれ。伊之助の死について、上役に報《しら》せなきゃならないから、主催者の証言がいるってな」

と、頼んだ。

「承知しました」

圭太郎は快く応じて、慶寿庵を後にした。

五

程なくして、源兵衛がやって来た。

「闘食会では、お手数おかけしました」

源兵衛は丁寧に礼を言った。

「それはいい。蒸し返すようですまないが、実は伊之助の母親……お菊に泣きつかれたんだ。伊之助は事故じゃなく、お千津に殺されたんだってな。もちろん、そんなことはない。おれはその場にいたんだし、伊之助を助けようと手を尽くしたんだ。だから、お千津はもちろん、誰からも殺されたわけじゃないとわかっている。そのことは、お菊も納得した。納得した上で妙なことを言い出したんだ。伊之助は、お千津に夫婦約束を餌《えさ》に釣られ、蕎麦の闘食会に出た、つまり、伊之助が蕎麦を咽喉に詰まらせたのは、お千津の企《たくら》みだったってな……」

どう思う、と武蔵は源兵衛に問いかけた。

源兵衛は息子を失ったお菊への同情の言葉を述べ立てた後、

「あり得ませんよ。伊之助さんがどれくらい蕎麦を食べるかなんてお千津ちゃんにはわからないし、ましてや咽喉に詰まらせることになるなんて、知りようがありません」

頭を振って否定した。

「おれもそう思う。お菊によると、伊之助は蕎麦を食べると身体中に蕁麻疹が出たそうだ。それなのに蕎麦の闘食会に出たのは、お千津から夫婦約束を持ちかけられたのと、蛇眼草の丸薬の効き目を信じたからだ」

武蔵は目を凝らし、源兵衛を見据えた。

源兵衛は逃れるように目をそらし、

「そうだったのですか」

と、素っ気なく言った。

「蛇眼草の丸薬、大々的に売り出そうとしていたんだろう。それが、伊之助の死でおじゃんになった。それはわかるが、せっかくの宣伝の好機に数を用意できなかった……どうも妙だな」

武蔵の追及に源兵衛の額に汗が滲んだ。

「圭太郎さんからうわばみの話を聞いた時は、これは売れるって思ったんですが、自分で試してみますと、効き目がないとわかりまして、売り出しを止めたんです」

「なるほどもっともだな。でもな、薬種問屋ってのは、必ずしも効き目がある薬ばかりを扱っちゃあいないだろう。鰯の頭も信心で、効くと信じれば客は薬を買い求めるんだ。奉公人を木曽までやって、大がかりに刈り取ってきたんじゃないのか」

武蔵が問い質《ただ》すと、源兵衛は居住まいを正して問い返した。

「大門さま、何をおっしゃりたいのですか。手前が伊之助さんの死に関わっているとおっしゃりたいのですか……手前が伊之助さんを殺《あや》めた、とお疑いなのですか」

武蔵も目を凝らして返した。

「あんたが伊之助を殺したなんて微塵《みじん》も考えちゃいない。だがな、闘食会に誘い出しはしたのだろう、とは思っている。お千津ちゃんと共謀してな」

「そんな……何を根拠に……」

源兵衛はうろたえた。

そこへ、

「大門さま、武田屋さん……」

という声がかかり、お千津が入って来た。

「お千津ちゃん、ここはおまえさんの来るところじゃない」

源兵衛は慌ててお千津を追い返そうとした。お千津は、「いいのです」と返し、武蔵の前に座った。

「悪いのはわたしです。武田屋さんは何も悪くありません」

声を上ずらせ、お千津は武蔵に告げた。

源兵衛が割って入ろうとするのを武蔵は制し、

「伊之助を蕎麦の闘食会に誘ったのは、死んだお咲のために意趣返しをしようとしたんだな」

と、問いかけた。

そうです、とお千津は認めた。お咲とは幼馴染《おさななじみ》、かけがえのない友人であったと言ってから、今回の一件の顚末《てんまつ》を打ち明けた。

「お咲ちゃん、伊之助さんと夫婦になれるって、それはもう喜んでいたんです。それが……伊之助さんは吉原の花魁《おいらん》にうつつを抜かして、身請けしたい、なんて言い出して、お咲ちゃんとの夫婦約束を反故《ほご》にして……」

お千津は嗚咽《おえつ》を漏らした。

「伊之助がお咲との夫婦約束を反故にしたのは、おまえに岡惚れしたからじゃないんだな」

武蔵が問うと、お千津ばかりか源兵衛も否定し、

「お千津ちゃんはお咲と伊之助さんの夫婦約束を誰よりも喜んでくれたのです。お千津ちゃんが横恋慕なんかするはずがありません」

と、源兵衛は言い添えた。

「でも、身請けは許されませんでした。お咲ちゃんが亡くなってるのに、吉原の花魁を身請けするなんて太田屋さんの体面も悪いから、許されなかったんですよ」

どうやら、お菊は倅が吉原の花魁に惑わされたことへの体裁の悪さから、その事実には触れず、あたかもお千津がたぶらかしたかのように話を仕立てたようだ。

「わたしは、伊之助さんが許せなくって……だけど、命を奪おうとまでは思っていませんでした。一泡吹かせたい、ぎゃふんと言わせたいって思っただけなんです」

お千津は得意の蕎麦で伊之助に仕返しをしようとして、源兵衛に話を持ちかけたそうだ。

お千津の告白を受け源兵衛が続けた。

「丁度、蕎麦の闘食会を予定していました。伊之助さんが蕎麦が苦手なことはお咲を通じて知っていましたから、闘食会に出場させて、醜態を晒させようって企んだんです」

源兵衛はお千津に夫婦約束という餌で釣らせ、伊之助を闘食会に出場させた。出場への後押しとして、蛇眼草と蕎麦圭への弟子入りを勧めたのだった。

伊之助はまんまと計略に引っかかって闘食会に参加したが、お千津と源兵衛の思惑を超え、蕎麦を咽喉に詰まらせて死んでしまったのだった。

「お縄にしてください」

お千津は武蔵に頭を下げた。

「どうして、お縄にするんだ」

武蔵は微笑みかけた。いかつい巨顔が不似合いな程に柔らかになった。

「ですから、今、白状しましたように、わたしは伊之助さんを闘食会に誘って……」

というお千津の言葉を遮り、武蔵は表情を引き締めて言った。

「おまえは伊之助を蕎麦の闘食会に誘っただけだ。闘食会に誘い合わせて参加した者は他にもいるだろう。そんなことでお縄にはできん」

次いで、なあ、と源兵衛に声をかける。

源兵衛は両手をついた。

お千津は涙にむせんだ。


三日後、武蔵と喜多八は慶寿庵で蕎麦を食べていた。

「結局、お菊は倅の死は事故だったってこと、受け入れたみたいですよ。やはり、花魁の一件は決まりが悪かったんでしょう。伊之助の野辺の送りをしてから、もう一生蕎麦は食べないって、蕎麦断ちをしたんでげすって」

喜多八は蕎麦に箸を伸ばしながら語った。

それについて武蔵は何も話さず、ひたすら蕎麦を手繰るのに集中した。

「旦那、聞いているんでげすか」

喜多八が不服を言い立てると、

「どうだ」

武蔵は得意げに蒸籠を喜多八に見せた。そこには、一度ですくえる六本の蕎麦がきれいに残っていた。武蔵が誇る意味がわからないようで、喜多八は首を傾げる。

「おまえ、食べ方が雑だな。蕎麦に失礼だぞ」

武蔵は喜多八の蒸籠を覗き込みながら言った。

蒸籠の縁にこま切れとなった蕎麦がこびり付いている。真ん中にはちぎれた蕎麦が二本残っていた。

「どうして、蕎麦に失礼なんでげすか」

不満そうに喜多八が問い返したところに、

「ど～も」

脳天から発せられるような陽気な声と共に、蕎麦圭こと圭太郎が店に入って来た。

第二話　しくじり幇間《たいこ》

一

神無月《かんなづき》（陰暦十月）三日の昼下がり、喜多八は幇間仲間の久作《きゅうさく》を訪ねた。浅草三間町《あさくささんげんちょう》の裏長屋である。

肌寒い風が吹いているものの抜けるような青空が広がっている。程なくして江戸は紅葉の時季を迎える。

久作は神田司町《かんだつかさちょう》の三軒長屋に住んでいたのだが、一月《ひとつき》程前ここに引っ越した。せっかくの好天なのに日当たりが悪く、じめじめとした空気が漂う、これぞ裏長屋である。久作といえば、太客《ふときゃく》を抱え、ご祝儀をたんまり集めて羽振りがいいと評判だった。

それが、こんなうらぶれた長屋に引っ越すとは一体何があったのだ、と訝しみながら喜多八は長屋の木戸を潜った。

所々、穴の空いた溝板《どぶいた》に足を取られないように用心して、路地を奥に進む。久作の住まいは一番奥、厠《かわや》の近くだった。

腰高障子を叩き、

「久さん、いるかい」

と、声をかける。

返事はない。

破れた障子の隙間から中を覗くと、土間の向こうの板敷に掻巻《かいまき》にくるまった男が横たわっていた。丸めた背中をこちらに向け、まるで蓑虫《みのむし》のようだ。

「久さん、入るよ」

再び声をかけて、腰高障子を開けようとした。しかし、建て付けが悪く開かない。上下に動かし、力を込めて横にずらす。どうにか身を入れることができるくらいの隙間を確保して中に入った。

「久さん」

もう一度声をかけると、

「金……ないよ。金だけじゃない。何にもない……」

背中を向けたまま久作はひらひらと手を振った。借金取りと思っているようだ。

「やつがれだよ、喜多八でげすよ」

声を大きくすると久作はもぞもぞと身体を動かし、むっくりと半身を起こしてこちらに向いた。丸めた頭は髪が伸び、目が落ち窪《くぼ》んでいる。こけた頰は無精髭《ぶしょうひげ》が伸び放題だ。重い病を患ったようなひどいやつれようである。

元来、久作は身だしなみにはうるさく、頭も髭も毎日きれいに剃《そ》り、目鼻立ちの整った男前で、料理屋の女中や芸者の間でも評判がよかった。見てくれだけではなく、座持ちもよく、客ばかりか芸者衆をも楽しませ、座敷を盛り上げていたのだ。

また、時折見せる流し目が艶っぽいと、「後家殺しの久さん」とあだ名されていた。

そんな久作の零落ぶりに喜多八は啞然《あぜん》としつつ、

「久さん、一体全体どうしたんだい」

と、問いかけながら板敷の縁に腰かけた。

懐中から竹の皮に包んだ牡丹餅《ぼたもち》を取り出し板敷に置こうとしたが、埃《ほこり》まみれとあって懐紙で丁寧に拭き、土産を置いた。改めて見回すまでもなく、家財道具などはほとんどない。隅のほうに縁のかけた湯呑と茶碗、箸が転がるばかりだ。

「せっかく来てもらったのに、ご覧の様《ざま》だ。何のおもてなしもできないよ」

久作は薄笑いを浮かべた。

「まあ、食べておくれな」

喜多八が牡丹餅を勧めると久作の目の色が変わった。両手でがばっと牡丹餅を摑むやかぶりつき、むしゃむしゃと貪《むさぼ》り始めた。

「久さん、咽喉に詰まってしまうよ。先だってさ、蕎麦を咽喉に詰まらせて死んじまったお人がいるんでげすからね」

喜多八の注意に、わかったというように首を縦に振ったものの、久作の勢いは止まらず、三つあった牡丹餅をあっという間に平らげてしまった。

胃の腑が満たされた久作が落ち着いたのを見計らって、喜多八は声をかけた。

「よっぽどひもじい思いをしていたんだね」

「この三日、水しか飲んでいなかったんだよ」

我ながら情けない、と久作はうなだれた。

「一体、どうしたんでげすか」

喜多八が聞くと、

「丸物《まるぶつ》屋の旦那をしくじったんだよ」

久作は答えた。

丸物屋とは日本橋の表通りに店を構える呉服屋である。大奥にも出入りする大店で、主人の門左衛門《もんざえもん》は、「今紀文《いまきぶん》」、つまり元禄《げんろく》期の豪商、紀国屋文左衛門《きのくにやぶんざえもん》を彷彿《ほうふつ》とさせる分限者と評判だ。門左衛門が、「今紀文」と称されるのは、身代の大きさもさることながら、その豪快な遊びぶりにあった。

紀文がやったように吉原全体を一晩貸し切り、遊郭の二階から小判を降らせたこともある。料理屋で宴を張れば、芸者衆はもちろん料理屋の奉公人たちにも祝儀を弾む、という気風《きっぷ》のよさで有名なのだ。

久作は門左衛門に気に入られ、座敷に呼ばれるばかりか、物見遊山にも連れられ、お伊《い》勢《せ》参りや上方見物のお供もした。そもそも久作が羽振りがよかったのは、門左衛門に贔屓《ひいき》にされているからだった。

「門左衛門旦那をしくじって以来ね、からきし落ち目になってしまったんだ」

久作はすっかりしょげ返った。

「どうして、しくじったんでげすか」

喜多八が問うと、久作は途方に暮れたように口を開け、虚空《こくう》を見つめた。しばらくそうしていたがやがて首を左右に振って、

「それがね、わからないんだ。何で旦那に出入りを止められたのか……」

と、呟くように言った。

「わからないって……」

喜多八も首を捻った。

「それがさ、一月ばかり前のことだったんだ」

近頃、お座敷に声がかからなくなった、と久作は思い、丸物屋に顔を出した。門左衛門が好きな佃煮《つくだに》を手土産にして訪問したのだが、門左衛門は多忙とのことで会うことは叶《かな》わなかった。

商売繁盛なら結構なことだ、と深くは考えず、その日は丸物屋を後にした。数日が過ぎて、門左衛門が派手なお座敷遊びをやっていると日本橋の料理屋吉萬《よしまん》で耳にした。親しい女将さんから、

「久さん、当然門左衛門旦那のお座敷に呼ばれてるもんだって思ってたから、風邪《かぜ》でもひいたのかって心配してたのよ」

と、言われたそうだ。

「それで、どういうことだろうって、訊こうと思ってね」

久作は再び丸物屋に顔を出した。

しかし、門左衛門はまた会ってくれなかった。

「嫌な気分になってね。それでも、あたしが旦那に何か不愉快な思いをさせたのかもしれないって、色々考えてみたんだけど、思い当たる節がなくってさ」

悩む程に迷いと不満が胸に渦巻いた。

「考えていても仕方がないって思ってね、呼ばれてもいないのに旦那の座敷に顔を出したんだ」

門左衛門は烈火の如く怒った。

「おまえなんか呼んでないぞ、とっとと出て行け！　って、そりゃもう、凄《すご》い剣幕でね、あたしゃ、ほうほうの体で逃げ帰ったんだ。旦那、あたし、何かしくじりましたかって、訊きたかったのに、取り付く島もなかった」

狐に抓《つま》まれたような思いで久作はそそくさと吉萬を後にした。

「それからね、あたしが門左衛門旦那を怒らせたって評判が吉萬から広がってしまって、どっからも声がかからなくなって、挙句がこの様さ」

久作は言った。

「久さんには心当たりがないんでげすね」

喜多八が念を押す。

「そうなんだ。あたしにはさっぱり心当たりがない。それで、方々に当たってみたんだけど、あたしが何かしでかしたっていうよりも、新しい贔屓ができたってことみたいなんだ」

「幇間かい」

「そうだよ。千恵蔵《ちえぞう》っていう若い幇間だってさ」

「千恵蔵……」

喜多八の知らない名前である。

「二月《ふたつき》前に上方からやって来たんだってさ。と言っても、生まれは江戸で、上方には幇間修業に行ってたってことだけどね」

「幇間の修業……」

喜多八は訝しんだ。通常は練達の幇間に弟子入りして、お座敷での作法や芸を学び、独り立ちするが、わざわざ上方にまで修業になど出向かない。

喜多八の疑念を察知したようで、久作は千恵蔵について説明を加えた。

「上方じゃあ、幇間ばかりか噺家《はなしか》にも弟子入りしたそうだよ。話術を磨いてきたんだってさ」

「上方にはどれくらいいたんだい」

「三年だってさ。石の上にも三年ってことかね。一人前の幇間になったんなら、上方で稼げばいいものを、何だって江戸に戻って来たんだ」

　不満そうに久作は口を尖らせた。

「江戸に身内がいるからかい」

「身寄り頼りはいないって言っているそうだよ。何でも、さるお旗本の御落胤《ごらくいん》って噂があるらしいけど、何処まで本当なんだか。自分を売り出すために千恵蔵が撒《ま》いた嘘《うそ》八百だと、あたしゃ思うよ。上方帰りのお旗本の御落胤、目立つじゃないか。目立つっていやあ、千恵蔵は役者のような男前だってさ。歳《とし》は二十歳《はたち》過ぎ、町を歩けば振り返らない娘はいないってさ」

　やけ気味に喜多八は語った。

「久さんだって後家殺しって二つ名をつけられていたじゃないか」

　元気づけようと喜多八は言ったが、久作は苦笑を漏らしながら返した。

「後家殺しの久さんが、水腹で虫も殺せないくらいに落ちぶれてしまったってわけさ」

　落ち窪んだ目には艶も力もなく、流し目をしても頭のおかしな奴としか受け取られないだろう。

「久さん、二十歳そこそこの若造なんかに肩を越されて、黙っていちゃ駄目だよ。後家殺しの久さん、練達の幇間久さんの名折れでげすよ」

自分自身への鼓舞も込め、喜多八は励ました。

「そりゃそうだけどさ、千恵蔵、芸者衆にも大変な人気らしいよ。旦那は千恵蔵を連れて歩くのが誇らしいみたいだね。あたしゃ、お払い箱ってわけさ。元気を出して、新しく太客を見つけるしかないんだけどさ、どうにもやる気が出ないんだ。旦那がいくら千恵蔵を気に入ったからってさ、掌《てのひら》を返すみたいにあたしの出入りを止めたってのがわからない……」

ため息交じりに久作は疑問を繰り返した。

「千恵蔵に恨まれるような覚えはないかい。千恵蔵は久さんに恨み事があって、旦那に気に入られたのをいいことに、久さんの出入りを止めさせたってことじゃないのかな」

喜多八の推測を、

「千恵蔵に恨まれる覚えなんかないさ。第一、会ったことがないし、見たこともないんだからね」

久作は即座に否定した。

「そうか……じゃあ、千恵蔵は旦那を独り占めしたさから、久さんが邪魔になったんだよ」

喜多八の考えを、咀嚼するように腕を組んで検討した後、久作は言った。

「そうかもしれないけど、それにしたって、旦那はいきなりあたしの出入りを止めたりはなさらないと思うんだよ。しかも、何のわけもおっしゃらずにね……そこがわからない。わからないから、いつまでもうじうじ、ナメクジみたいになっているんだ」

「ひょっとして、旦那にはこっちの気《け》があるんでげすか」

衆道《しゅどう》、すなわち、門左衛門に男色の気があるのかと喜多八は確かめた。もしかすると、そのことを隠しているから、理由も告げずに久作を遠ざけたのではないか。

ところが、

「ないね」

言下に久作は否定した。

「となると、若くて二枚目の千恵蔵を座敷に呼ぶというのは、自分も芸者衆にモテたいからでげすか」

「それはあるだろうけど、幇間の助けを借りなくたって丸物屋の旦那だもの、どこのお座敷でもモテモテだよ」

久作の言う通りだろう。

「幇間歴十五年、昨日今日のぽっと出の若造に太客を奪われるとは、あたしゃ情けないよ」

結局、久作はふさぎ込んだままだ。

「だけどさ、旦那も不人情でげすね」

喜多八が門左衛門を詰ると、

「まあ、旦那は気まぐれなところがあるけどさ、分限者というものは、多かれ少なかれ、そういうところはあるもんでね……それでも、旦那は情に厚いところもあったんだよ」

門左衛門は人が変わった、と久作は嘆いた。

「久さんのしくじりで出入りを止められたわけじゃないんだから。だったらさ、そのうち、旦那も出入りを許してくれるはずでげすよ。若造はさ、見てくれはいいかもしれないけど、芸とか話の巧さじゃ……いくら上方で修業したとしてもさ、座持ちのよさで久さんに敵《かな》うわけがないよ。今は物珍しさで贔屓にされているだけでげすって」

満面の笑みを浮かべ喜多八が励ますが、

「そうだといいんだけどね」

久作は弱気のままだ。

「よし、やつがれに任せておくれよ」

喜多八は腕捲りをした。

「どうするんだい」

「何とかして旦那と久さんとの仲を取り持つのさ」

喜多八は胸を叩いた。

「余計なことはしなくていいよ」

遠慮しながらも、久作は期待の籠《こも》った目をしている。喜多八は見舞いの一分金を板敷に置いて立ち上がった。久作は一分金を握り締め、「恩に着るよ」と頭を下げた。

久作の住まいを出てから、

「やれやれ、勢いで引き受けてしまったけど、どうしたもんかね」

喜多八は己の軽はずみさを後悔した。

二

その頃、荻生但馬は船宿、夕凪の二階で旧友の来訪を受けていた。

直参旗本新城陣十郎《じきさんはたもとしんじょうじんじゅうろう》である。

但馬とは同い歳で、かつては同じ町道場で汗を流した。三河《みかわ》以来の名門旗本という家柄である点と新城自身が武芸に秀でていたため大番頭《おおばんがしら》を務めていたが、三年前に辞した。早すぎる辞職は一人息子を亡くした衝撃ゆえだった。

「おお、しばらくだな」

懐かしさから但馬は満面の笑みとなり、お藤に酒の支度を頼んだ。

「お主も元気そうでなによりだ」

新城も笑みを返し、大刀を鞘《さや》ごと抜くと、右脇に置いた。

息子を亡くした悲しみの日々で白髪交じりとなり、ずいぶんと痩せた身体を羽織、袴《はかま》に包んでいる。糊《のり》の利いた黒紋付とくっきりと折り目のついた袴、目にも鮮やかな白足袋《しろたび》が名門旗本の矜持《きょうじ》を表していた。

二人は蛤《はまぐり》の佃煮を肴に酒を酌み交わし、旧交を温めた。顔を合わせていなかった日々の間隙が酔いによって縮まる。若かりし頃の剣の手合わせの感触も蘇《よみがえ》り、一つ一つの対戦についての思い出話に花が咲いた。

酒の追加を持って来たお藤が、「楽しそうですね」と羨《うらや》んだ程だ。

「お主、長崎奉行をしくじったと思ったら、何やら面白い役目を担っておるそうではないか」

新城に言われ、

「遣《や》り甲斐のあるお役目ではある」

但馬は返した。

「それは何よりだ……羨ましいな」

ふっと新城は言葉を止めた。

「どうした」

もう一杯飲めと但馬は徳利を持ち上げた。

「ああ」

新城はぐいっと杯を干したものの、但馬の酌は受けず、折敷に杯を置いた。

それからおもむろに、

「健吾《けんご》のことだが」

と、切り出した。

新城の死んだ息子の名を出され、但馬は表情を引き締めた。

「真実を知りたいのだ」

新城は呟いた。

「健吾殿が亡くなって三年か……」

但馬は呟いた。

「三年と三月《みつき》だな」

新城は言った。

新城の息子、健吾は三年前の文月《ふづき》（陰暦七月）初旬の嵐の夜、新城家の菩提寺《ぼだいじ》で斬殺《ざんさつ》された。浄土宗《じょうどしゅう》の観念寺《かんねんじ》で起きた惨劇である。その日はいみじくも亡き母、つまり新城の妻、喜美代《きみよ》の月命日であった。

健吾は、草庵に住んでいた立花京太郎《たちばなきょうたろう》という浪人を訪ねた。草庵で争いが生じ、健吾は立花に斬られ、立花は草庵に火を放って逃走した。

問題はこの時、健吾も焼かれていたことだ。

「亡骸が健吾であるのは間違いない」

新城は断じたが、悪い噂が立った。

殺されたのは浪人立花京太郎であり、斬殺して逃亡したのは健吾だというのだ。そんな噂が流れたのは、立花が逃げおおせたまま行方がわからないからだ。

「浪人、立花京太郎は背格好も歳も健吾に大層似ていたそうだ」

「健吾殿は当時二十歳だったか」

「そうだな」

「立花という浪人者と健吾殿の因縁はどのようなものであったのだ」

「健吾は立花に対して非常に腹を立てていた」

というのは、立花は健吾と似ていることを利用し、新城健吾の名を騙《かた》って新城家馴染の料理屋を利用し、呉服屋で着物を誂《あつら》え、刀剣商で刀も買っていたのだとか。

許せない。ここに至って、健吾の怒りは頂点に達した。

ねぐらとしていた観念寺の草庵に、立花を成敗しに乗り込んだのである。

「健吾殿の剣の腕はいかに」

「わしの口から申すのも何だが、相当なものであった」

「亡骸は焼け焦げていたため、見分けがつかなかったのだな。ならば、どうして亡骸が健吾殿と断定されたのだ」

「健吾が持っていた印籠と脇差が残されていたからだ」

その日から立花も姿を消した。

「健吾殿を斬ったのが立花だとしたなら、相当な腕であるな」

但馬が言うと、新城はうなずいた。

「三年が過ぎ、立花の行方も知れず、とあってはもう捜しようがない」

悔しそうに新城は口を歪めた。

「事が起きた当時、探索は何処が行ったのだ」

但馬は問いかけた。

「寺の境内で起きた一件ゆえ、寺社方が担った。実際の探索は北町に助勢を求めたそうだが」

　立花の行方はじきにわかるかと思われたが、杳《よう》として知れなかった。

「今になって思えば、もっと徹底的な探索を要請すればよかったと悔いておる。ただ、悔しいのだが、あの時、読売が面白おかしく、無責任なことを書き立てたのだ。その内容にわしはひるんでしまった」

　顔をしかめ、新城は言った。

　殺されたのは健吾ではなく立花の方で、健吾が逃亡している、と読売は書き立てた。健吾は立花から金品を奪い、自分が死んだように見せかけて、逃亡したというのだ。

　この読売の記事は北町奉行所の探索の手も緩めさせた。健吾生存説が広まり、立花を捜すべきか健吾を捜すべきかで、新城と探索現場とに迷いが生じてしまったのだ。

「まったく、馬鹿げたことだ」

　激しく悔いるように新城は拳《こぶし》を握り締めた。

「他ならぬそなたの頼みだ。事件の探索は引き受ける。しかし、今更、立花を捜し出せるとは約束はできぬぞ」

　それでもいいかと、但馬は確かめた。

「ああ、わしとて今更、立花を捜し出せるとは思っておらぬ。ただ、真実が知りたい。殺されたのが健吾だということを確かめたいのだ」

真摯《しんし》な面持ちで新城は頭を下げた。

「承知した。ただ、辛い結果が出たとしても、それを受け入れる覚悟はあるのだな」

ひょっとしたら、読売の記事こそが真実で、殺されたのは立花、逃亡したのは健吾だと判明するかもしれない。それでも受け入れられるのかと但馬は念押しをした。

「覚悟しておるゆえ、そなたに頼むのじゃ」

新城はしっかりと答え、「これを」と、紫の袱紗《ふくさ》包みを但馬の前に置いた。

「承知した。これは預かっておく」

但馬は受け取った。

話を終え、新城はほっと安堵《あんど》の表情を浮かべた。

「ところで、お主、長崎で西洋式の剣術を習得してきたそうだな」

「うむ。オランダ商館で学んだ」

「日本の剣術とは大分違うのか」

「西洋の剣術は、突きが主体だ」

但馬は扇子を右手に持ち、サーベルを操る格好をしてみせた。

「興味深いな」

「お主もやってみるか」

但馬は誘った。

「そうだな……いや、やめておく。今更、新しいことを学ぶのは無理だ」

新城は首を左右に振った。

「いや、何歳《いくつ》になっても学ぶことはできる。無理と思うのは老いた証拠だぞ」

新城は但馬の言葉を嚙み締めるようにうなずいた。

「そうじゃな、わびしい独り身の余生を思うと、老ける一方だ」

新城は苦笑した。

「まあ、好き好きではあるが、何か張りがあった方が身も心も老けぬぞ」

「お主は若いな……ゴマ塩頭のわしと違って髪が黒々としておる」

羨ましそうに新城は自分の髷を触った。

ふと、

「気を悪くしないでもらいたいのだが」

と、但馬は新城に問いかけた。

「うむ」

新城は身構えた。

「立花京太郎についてだが……お主、心当たりはないのか」

遠回しな問いかけではあるが、新城は但馬の意図を察して答えた。

「立花がわしの落とし胤《だね》か、と問いたいのだな。はっきりと申す。身に覚えはない。わしは妻以外の者と子を成したことはない。わしとて朴念仁《ぼくねんじん》ではない。妻以外の女と秘め事に及んだことはある。しかし、子をもうけたことはない」

「くどいようだが、お主が子を成してはおらぬと思っても、実際は身籠っていたということは考えられぬか」

但馬は問いを重ねた。

「それはない。もし、身籠ったとしたら、その女はわしに認知を求めただろう」

「そうとも限らぬぞ。お主に迷惑をかけると遠慮して、密《ひそ》かに産み、育てたのかもしれないではないか」

「そう考えれば、ありえぬことではないが、その可能性は低い。わしが関係した女を思い浮かべても、身籠った者はおらぬし、密かに産み育てるような純情な女にも心当たりはない」

新城はあくまで冷静に結論づけた。

「そうか。悪かったな、無礼な問いかけをしてしまった」

但馬は一礼した。

「いや、真実を知るためなのだ。どのような問いかけにも答えよう。そこは遠慮しないでもらいたい」

新城は真摯に応じると申し出た。

「他人の空似、世の中には三人、似た者がいるそうだ。立花京太郎もその内の一人なのだろう」

新城から落とし胤を否定され、但馬は言った。

「そうかもな」

新城もうなずいた。

「さあ、飲むぞ」

但馬は酒の追加をお藤に頼んだ。

お藤は盆に、酒の他に椀を二つ載せて部屋に入って来た。湯気が立つ椀を見て但馬の顔が綻《ほころ》んだ。

「ざくざく汁か……」

出汁《だし》を加えた味噌に、刻んだ蓬《よもぎ》と賽《さい》の目に切った豆腐を入れた料理だ。蓬をざくざくと切り、塩でゆがくのだが、この時のざくざくという音から、「ざくざく汁」と呼ばれている。

冬隣の昼下がりにはありがたかった。

「かたじけない」

新城は礼を言って椀と箸を取った。

但馬も口にする。出汁味噌と蓬の苦さが溶け合い、豆腐の柔らかみが舌に優しい。胃の腑にまで染み渡る味わいだ。

三

明くる四日の昼、喜多八は日本橋の吉萬にやって来た。表通りから路地を入ったすぐ右手にある高級料理屋だ。

帳場で女将に、

「門左衛門旦那のお座敷、今夜はあるんでげすか」

と、問いかけた。

「なんだい、喜多さん、門左衛門旦那に呼ばれているのかい」

女将は意外そうに目を見張った。

「いや、呼ばれてはいないんでげすがね、旦那のお座敷は景気がいいって評判だから、おこぼれに与《あずか》れないかって、都合のいいことを考えたんでげすよ」

へへへと喜多八は笑った。

「止めといた方がいいよ。いつだったかね、久作さんが呼ばれもしないのに旦那のお座敷に顔を出して、そらもうこっぴどく叱られたんだから」

女将は声を潜めた。

「そうだってね。聞いたでげすよ」

喜多八はうなずき、素知らぬ顔で女将に訊いた。

「で、久さん、近頃見かけないでげすね」

「門左衛門旦那をしくじったからだよ。あれから、他の旦那のお座敷にも呼ばれなくなっちまって、まあ、気の毒っていやあ気の毒だね」

「久さんの代わりに、旦那が贔屓にしている若い幇間がいるって聞いたんだけど」

惚《とぼ》けて喜多八は問いかけた。

「千恵蔵さんだろう。本当に評判がよくってね、うちの女中たちも千恵蔵さんが来るとぼうっとなってしまうんだよ」

言っているあたしも、浮かれた気分になったよ、と臆面もなく女将は言い放った。

「そいつぁ、やつがれも見てみたいもんでげすよ」

喜多八が返したところで、

「あらっ」

女将の声が裏返った。

振り向くと、役者のような男前が立っていた。丸めた頭は青々と輝き、雪のように白い肌、端整な面差し、紅を差したような真っ赤な唇、男でも見惚れてしまう。白絹の小袖を尻はしょりにし、真紅の羽織を重ね、紅色の股引という派手な形《なり》が嫌みでも気障《きざ》でもなくとても似合っている。

「千恵蔵さん、いらっしゃい」

女将が挨拶した。

「女将さん、今日は一段とお美しいことで、眼福でございますよ。本日はよろしくお願い致しますね」

歯の浮くような、露骨に過ぎるよいしょである。それでも女将は頰を染め、

「もう、お上手なんだから」

などと照れている。

「千恵蔵さん、やつがれ、喜多八といいます」

喜多八も挨拶した。

喜多八を同業者だと察知した千恵蔵は、

「これは、ご挨拶が遅くなりまして、若輩者の千恵蔵でござんす。喜多八兄さん、よろしく、ご指導の程、お願い致します」

慇懃《いんぎん》に挨拶を返した。

「そちらさんが噂の千恵蔵さんでげすか。いやあ、目の覚めるような美男子でげすな」

喜多八のよいしょに千恵蔵は満面の笑みで、

「喜多八兄さんこそ……その……」

その容姿を褒めようとしたものの、言葉を詰まらせた。それでもにこやかな表情を浮かべたまま、

「何とも味のあるお顔で、一目見たら忘れられません。会っただけで顔と名前を覚えられるとは羨ましい、幇間の鑑《かがみ》ですよ」

などと無理やりなよいしょを言い切った。

調子のいい男だ、と内心で軽蔑《けいべつ》した喜多八だが、自分を含め、それこそが幇間の身上だと思い直した。

「今日も門左衛門旦那のお座敷に呼ばれたんでげすか」

喜多八が問いかける。

「よくご存じですね」

「評判でげすからね」

喜多八は羨ましいと言い添えた。

「旦那をしくじらないよう、精一杯努めているだけですよ」

真面目《まじめ》な顔で千恵蔵は言った。

「どうでしょう。やつがれも、後学のためにお相伴に与るわけにはいかないでげすかね」

喜多八は揉み手をした。

「それは、兄さん、旦那さま次第です。あたしが許す、許さないではありませんよ」

「それはわかっているんでげすよ。それを承知の上で、頼んでみておくれなと。幇間の図々しさでお願いしますよ。今、評判の幇間千恵蔵さんと通人丸物屋門左衛門旦那のお座敷、今後の糧にしたいんでげす」

下手に出て頼み込んだ。

「わかりました。あたしも、練達の兄さんに御指南を受けたいですからね。上方から江戸に戻ってお座敷に出るようになり、他の兄さん方ともあまり接していませんから、勉強させてもらいましょうか。旦那の機嫌を見つつ、頼んでみますよ」

千恵蔵は請け合った。

「いよっ、凄い！」

調子よく喜多八は礼を言った。

門左衛門の座敷は盛会だった。

大勢の芸者、囃子方が呼ばれ、山海の珍味が饗《きょう》される。喜多八は座敷の隅で控えていた。宴が進んだところで、千恵蔵が門左衛門に耳打ちする。門左衛門は喜多八を手招きした。

「いよっ、凄い！」

待ってましたとばかりに、扇子を繰り返し開いたり閉じたりしながら喜多八は座敷を進み、門左衛門の前に座った。門左衛門は上機嫌だ。

今紀文と呼ばれるにふさわしく、大勢の芸者、囃子方を侍《はべ》らす派手な遊びをしながらも嫌みでないのは、成金ではない分限者の品格を感じさせるからだ。

上等な紬《つむぎ》の小袖に羽織を重ね、中剃りを大きくして高く結んだ本多髷《ほんだ》がいかにも通人らしい。笑みをたたえ、吉萬の女中たちにも気遣いの言葉をかける門左衛門は、いかにも大店の旦那という風格を漂わせていた。

「喜多八でげす」

おどけず、きちんと挨拶した。

「まあ、一杯」

門左衛門は杯を取らせた。喜多八は恭《うやうや》しく受け取り、一息に飲み干す。

「これは失礼したね。もっと、大きいのだ」

門左衛門は大杯を用意させた。四合は入りそうな金の大杯が持って来られた。そこに蒔《まき》絵《え》銚《ちょう》子《し》から酒が注がれる。

喜多八は両手で持ち、端に口をつけた。

なみなみとたゆたう清酒の芳醇《ほうじゅん》な香りに鼻孔を刺激されながら飲み始めた。ここは、飲み干さないといけない、と息を整え、水のように咽喉に流し込んだ。

途中、休むことなく飲み干すと、

「うん、見事だ」

門左衛門は賞賛し、ご祝儀だと、金一両をくれた。

喜多八はありがたく受け取ると立ち上がり、身体をくねらせて踊り始めた。得意の蛸《たこ》踊りを披露する。

座敷のあちらこちらから笑いが起きた。すっかり和んだところで喜多八は宴席に連なる。

顔見知りの芸者がいたので、側《そば》に座った。

「喜多さん、ちゃっかりご祝儀を貰ったわね」

芸者に言われる。

「まあね。それにしても、旦那、景気がいいんでげすね」

「おかげでおこぼれに与っているわよ」

うれしそうに芸者は言った。

「ほんと、いい旦那だ……」

と、言ってから、近頃久作を見なくなった、と語りかけた。芸者の顔が曇った。

「旦那に贔屓にされていたでげしょう」

「そうなんだけどね」

「何かあったのかね。しくじってしまったのかね」

首を傾げ喜多八は呟いた。

「それが、よくわからないから、あたしたちもびっくりしているんだよ。だって、久さんはさ、旦那にそりゃもう贔屓にされていたじゃない」

「今はあの二枚目を贔屓にしていらっしゃるみたいでげすね」

「千恵さん、そりゃ、男前だし幇間としての腕も凄いからね」

「千恵蔵って、何者なんだい。突然、出て来たのかい」

喜多八の疑問に芸者も首を傾げる。

「それなんだけど、よくわからないんだよ。ある晩、突然、旦那に連れて来られたんでね。上方帰りの千恵蔵だって紹介されたんだけどさ」

「旦那は何処で知ったのかな。上方に旅した時なのかね」

「さあね。旦那に訊いてみたら」

芸者は話を打ち切った。

喜多八は千恵蔵と門左衛門の様子を窺った。千恵蔵は門左衛門の脇にぴったりと寄り添い、話に耳を傾けている。感心しながら聞き入り、時折、

「ほう……」

と、合いの手を入れて感心することもあれば、

「ですが、それはちょっと」

と、逆らうように首を捻ったりもする。

すると門左衛門はむきになって、これこれこういうわけだから、こうなんだ、と強い調子で捲し立てる。

「ですが、こういうことも考えられますが」

千恵蔵は尚も異論を唱える。

門左衛門が一層むきになって熱っぽく語ったところで、

「ははあ〜。これは参りました」

大袈裟に千恵蔵は感心してみせた。

門左衛門は溜飲《りゅういん》が下がったようで機嫌をよくした。千恵蔵は客の心を摑むやり取りを心得ている。何でもかんでも世辞を並べさえすればいいというものではない、という幇間の見本のようだ。

千恵蔵、やはり並の幇間ではない、と喜多八は評価した。門左衛門が厠に立ったところで喜多八は千恵蔵に話しかけた。

「千恵さん、大した腕でげすな」

「兄さん、幇間相手のよいしょは、堪忍しとくんなはれ」

千恵蔵は上方訛《なま》りを交じえ、喜多八に微笑んだ。紅を差したような真っ赤な唇が艶《あで》やかに蠢《うごめ》いた。

四

新城が訪ねて来た三日後、六日の昼、但馬は新城の依頼を御蔵入改の役目とすべきか、迷っていた。

三味線を弾きながら依頼について思案を巡らす。さて、どうしたものか。現実問題、立花京太郎を捜し出すのは難しいだろう。立花が健吾であったとしても同じことだ。加えて今回の依頼を御蔵入改の役務とするには私的要素が強すぎる。

「旦那、お気持ちが乱れておられますよ」

お藤が言った。

三味線の音色で気づいたようだ。

「いや、もう、大丈夫だ」

但馬は撥を持ち直し、勢いをつけて再び奏で始めた。

お藤はにっこりと笑った。

どうしようかと思案を重ねた末、但馬は御蔵入改の役目ではなく個人として引き受けることにし、立花京太郎がねぐらとし、健吾が乗り込んだ観念寺にやって来た。

好天の昨日とは打って変わった薄曇りの昼下がりである。風は湿り、何処となく淀《よど》んだ空気に包まれていた。

菅笠《すげがさ》を被り、濃紺の小袖を着流した気楽な格好だ。腰には大小を落とし差しにしている。

根津権現《ねづごんげん》の裏手にある浄土宗の寺院だった。

境内を箒《ほうき》で掃除する小坊主に、新城陣十郎の知り合いだと告げ、住職祥念《しょうねん》への面会を申し入れると、庫裏《くり》の書院に通された。

祥念は高齢の僧侶で、好々爺《こうこうや》然と微笑んだ。

「御住職、急なる訪問にて、畏れ入ります。拙者、直参旗本、荻生但馬と申す」

まずは丁寧に挨拶をしたが、御蔵入改方頭取の身分と役目は話さないでおいた。

「荻生殿は新城殿とはお親しいのですかな」

祥念はしげしげと但馬を見た。皺《しわ》だらけの顔が歪み、細い目が糸のように細くなる。剣術の道場で同門であったと打ち明け、最近になって再会したと話した。

その上で、

「新城から三年前の一件、改めて調べて欲しいと頼まれたのです」

ここで御蔵入改方頭取の役職にあることと、役務の内容を話した。祥念の顔から笑みが引っ込み、表情が引き締まった。

「それはそれはご苦労なことですな。拙僧にも、健吾殿の御霊《みたま》が成仏できず、この辺りを彷徨《さまよ》っているのではないか、と思えてならないのです」

「御住職は、焼死体は健吾殿だったと思われますか」

ずばり、但馬は問い質した。

「あの夜は健吾殿だと思いました。ただ、拙僧は今もって健吾殿の声を聞くことがあるのですよ」

祥念は虚空を見つめた。

「ほう、健吾殿の声を……どのような声ですか」

「拙僧を呼ぶ声です。草庵の辺りに佇んで、この世への未練に染まった目で拙僧をじっと見つめておられるのです」

祥念は両手を合わせた。

但馬も健吾の冥福を祈ろうとしたが、どうもあやふやな気分となり、祥念と心を一つにできなかった。

「草庵をねぐらにしておった浪人、立花京太郎につき、お話し頂けませぬか」

但馬は頼んだ。

祥念はうなずき、話し始める。

「立花殿はそう、あの事件が起きる四月《よつき》程前、当寺にふらりとやって来られたのです。母上の墓参をしたい、と墓の所在を聞かれました」

祥念が母とは誰かと尋ねると、新城陣十郎の奥方だという。

「そう言われて、立花という御仁が健吾殿とそっくりなことに気づきました」

「それで……」

　但馬は続きを促す。

「自分は新城陣十郎の落とし胤、父にも名乗り出ていない身ながら、義理の母が亡くなったと聞き、せめて墓参したい、と申し出られたのです」

　祥念は、立花が言っていることを到底信じられなかったが、

「仮に偽りであったとしても、墓参自体は仏の供養になると思い――」

　墓に案内したという。立花はねんごろに墓に参った。

　祥念はどうにも気にかかり、帰ろうとした立花を引き留め、身の上話を聞いた。

　新城家に奉公に上がっていた女中が身籠り、産み落とされたのだそうだ。幼い頃から、さるお旗本が父親だと聞かされて育ったが、母は旗本を気遣って名前は明かさなかった。それが半年前、亡くなる前に遺言として父親の名前が明かされた。

　それでも、新城家には健吾さまというご立派な跡継ぎがおられるから、迷惑をかけてはならない、名乗らず、市井《しせい》で暮らすようにと母親から言われたそうだ。それ以後、立花は新城家が気になり、観念寺に墓参することにしたのだという。

「ところが、今にして思えば、墓参は口実であったのですな」

　祥念は苦々しそうに顔を歪めた。

それからというもの、立花は健吾を騙り、新城家出入りの商人に金をたかるようになった。

「健吾さまとそっくりなことを利用し、健吾さまに成りすまして金をせびり、高額な着物を求め、料理屋での飲み食いの付けを回したりしたのです」

新城の言ったことを裏付けている。

「それで、とうとう健吾さまがお怒りになり、ここに乗り込んでこられました」

二人は草庵の中で言い争った、いや、健吾が立花を糾弾《きゅうだん》した。

「激しい嵐の夜のことでございました。拙僧は話し合いが穏便に済むことを願っておりました」

祥念は草庵を覗いたという。

「お二人は凄い形相で睨《にら》み合っておられました」

とても間に入れるような状況ではなかった。

「だらしないことに、拙僧は怖くなり、その場を逃げ出したのでございます」

思い出したのか、祥念は身震いした。

「それから……」

但馬は促す。

「それからしばらくして草庵から火が出たのでございます」

炎は巨大な火柱となった。

嵐であったため、類焼には及ばなかったという。

「それがせめてもの幸いでしたな」

しみじみと祥念は述懐した。

次いで、止めるべきだったのに、及び腰となった自分を祥念は責めた。

「祥念殿から見て、立花京太郎と新城健吾、入れ替わったと思われますかな」

事件の核心についての但馬の問いかけに、

「当時、そんな噂が飛び交いましたな。読売などが面白おかしく書き立てました。ですが、拙僧はそんなことはあり得ぬと思っております。何故なら、健吾殿が立花を殺したのなら、健吾殿は逃げる必要などなく、自分が殺したのだと、堂々と名乗り出たでしょう。健吾殿は一本気なお方でしたからな。それに、非は立花にあり、立花の無礼な所業を考えれば、健吾殿が罪に問われることはなかったはずです」

祥念は断じた。

「父の新城陣十郎は武士道に則《のっと》って一人息子の健吾殿を厳しく育てた。将軍家直属の旗本衆、大番組の役目を立派に務められるよう、また、一人の武士として恥ずかしくないよう、精進させたのです。健吾殿も父の期待に応えようと努力しておられたようですな。あいにく、わしは少年の頃の健吾殿、元服前の健吾殿しか知りませぬが、十歳やそこらで武芸に励んでおられた。毎朝夕、各五百回の素振りが日課だったと記憶しております」

但馬は返した。

「まさしく、そのようなお方でしたな。当寺においても、墓参の折には庫裏の書院で静かに写経をなさっておられました」

健吾は極めて禁欲的な暮らしぶりであった、と新城から聞いていた。酒もやらず、女色にも興味を示さず、縁談にも無関心であったそうだ。昌平坂《しょうへいざか》学問所でも優秀な成績を残し、大番入りを期待されていた。

対して、

「立花は酒、博打《ばくち》、女、何でもござれであったようですな」

草庵で賭場《とば》を開き、その上がりを巻き上げていた。女も呼び込み、好き放題であったそうだ。何時《いつ》の間にか居ついてしまった立花を祥念は追い出せなかった。

「その博徒、何者ですかな」

但馬は興味を覚えた。

この界隈の賭場を仕切っているのは熊蔵《くまぞう》という男だと祥念は答えた。口から出まかせで法螺《ほら》ばかり吹いているため、法螺熊《ほらくま》と呼ばれているそうだ。

但馬は法螺熊の住まいを聞き、観念寺を後にした。

五

法螺熊は観念寺から程近い、三軒長屋の真ん中に住んでいた。中に入ると、広めの土間に数人の子分たちがたむろし、目つきのよくない視線を向けてくる。

但馬が、

「法螺熊に会いたい」

と言うと、子分たちは上目遣いにねめつけてくる。

「聞こえなかったか」

但馬は近くにいた子分の耳を引っ張り、法螺熊に会いたい、と声を大きくして語りかけた。子分たちはたじろいだ。騒ぎを耳にした法螺熊らしき男が出て来た。

小太りの中年男、捲り上げた袖から覗く両腕がその名を彷彿とさせるように毛深い。太い眉と相まっていかにも粗暴な印象を受ける。但馬は名乗り、訊きたいことがあると上がり込んだ。

神棚の下に置かれた長火鉢を挟んで但馬は法螺熊と向かい合った。

「お旗本さまが、あっしのようなやくざ者に何の御用ですか」

法螺熊は煙管《キセル》に火をつけた。

「立花京太郎を知っておるな」

前置きなしで但馬が問いかけると、

「おや、懐かしいお名前だ」

法螺熊は惚けた顔で、知ってます、と答えた。

「懐かしいと申しても、三年前だぞ」

「三年もあれば、世の中変わりますぜ」

「そうかもな。ま、それはよいとして、立花のことを聞きたい。まず、立花とは何処で知り合ったのだ」

但馬は問いを続けた。

「ええっと、あれは……ああそうだ。お駒《こま》っていう縄暖簾でしたよ」

立花は独りで飲んでいたそうだ。

そこへ、法螺熊の子分が因縁をつけた。足を踏んだ踏まない、で争ったのだとか。

「実を言いますとね、腕の立つ浪人を探していたんですよ」

浪人と見れば、子分に因縁をつけさせ、腕試しをしていた。賭場の用心棒に雇うつもりだったという。

「立花さまはまさにぴったりでした」

立花は腕っぷしが強く、子分三人をあっと言う間にやっつけた。

「それであっしは、立花さまに用心棒になってください、と頼んだんですよ。そうしましたら、おれの住家で賭場を開帳しろっておっしゃいましてね」

それが観念寺の草庵であった。

寺であれば、町奉行所が不意に立ち入ることもなかろうと法螺熊も応じた。所場代として博打の上がりの三割を立花に渡したそうだ。立花は酒を飲み、女を抱き、好き放題をしていたという。

「連日連夜、そのような宴が行われておったのか」

「そんなことはねえ。まあ、五十日《ごとおび》だな」

「つまり、五日、十日、十五日、二十日、二十五日、晦日《みそか》、ということだな」

「その通りでさあ」

法螺熊は勢いよく首を縦に振った。

「立花は、他の日はどうしておったのだ」

「知りませんや」

法螺熊の言葉に嘘はないようだ。

「どんな客が出入りしておった」

「上客っていいますかね、まとまった金子《きんす》が用意できるお方に限っていたんですよ。その代わり、一勝負一両からって縛りがありまして、酒は飲み放題で、酌婦を置きましてね、しかもいい女を用意したんですぜ」

ある程度の分限者に限り、賭場に出入りをさせていたそうだ。草庵は鉄火場《てっかば》というよりは、金持ちばかりの社交場のような状態だったという。秘密の社交場、気兼ねなく手足を伸ばすことができる、金持ちにとっての憩いの場なのだった。

「草庵っていいますと、なんだか辛気臭い場所を想像なさるかもしれませんが、立花さまは酒落《しゃれ》っ気のあるお方でね。まるで遊郭の座敷のような造りになってましてね、見てくれは藁《わら》ぶき屋根の百姓家みたいなんだが、戸を開けて入ると、これが別世界ってわけですよ。だから、限られた客は日頃の暮らしとはまるで違う世界に浸って遊べるってことなんでさあ」

語る内にその頃の情景が蘇ったのだろう。法螺熊はうっとりした。その顔を見ただけで、立花の草庵がいかに夢の世界であったかがわかる。

「おまえが造作したのか」

「酌婦や酒、賭場を仕切る博徒はあっしが用意しましたがね、中の造作は立花さまが大工や左官を雇って普請なさったんですよ」

「立花は浪人だったのだろう。よくそんな金があったものだな。それに、住職に無断で草庵を改造するなど、よく許されたな」

但馬は首を傾げた。

「金の出所は迂闊《うかつ》には申せませんがね、あの祥念って住職、曲者《くせもの》ですぜ」

法螺熊はにんまりとした。

住職、祥念も当然ながら草庵を改造して賭場にした過程は知っていたはずだと言った。金も祥念が負担し、その見返りを賭場の上がりから渡していたはずだと法螺熊は推察した。

「なるほど、生臭坊主だな」

但馬は鼻で笑った。

「まあ、そういうこってすよ。立花さまって素性の知れねえ浪人さんが派手に遊べた背景には、住職の助力があると思いますぜ」

法螺熊は大真面目に語った。

最初は上がりの三割だったが、賭場が繁盛すると所場代を五割に引き上げられたそうだ。

それを渋ると、別の寺院で法螺熊が開帳している賭場が摘発された。法螺熊は、祥念の告げ口があったと疑った。いつか意趣返ししてやりたいが、観念寺は新城家の他にも武家の檀家が多く、寺社奉行も手が出し辛いとあって、手をこまねいている。

法螺熊は堰《せき》を切ったように祥念への恨み言と悪口雑言《あっこうぞうごん》を並べ立てた。

ひとしきり祥念の悪口を聞いて、但馬は立花の草庵に話題を戻した。

「客は選びましたよ。金払いがよくて、遊び慣れたお方をね。つまり、負けが込んでも、暮らしに困らないってお人ですよ。暮らしに困ると、畏れながらって、御上《おかみ》に訴え出たり、告げ口したりしますからね。ですから、ちゃんと信頼のおけるお方しか、客にはしませんでした」

どんなもんだ、という顔で法螺熊は誇った。

「だがな、賭場というのは蛇《じゃ》の道は蛇《へび》で、博打好きには噂が広まるものだぞ。ましてや、夢のような賭場となったら、用心してたって漏れ伝わるものだ」

但馬が危惧を示すと、法螺熊は言った。

「ですからね、草庵の出入り口での符丁があったんですよ」

晴れの日には、「星がきれいですね」という語りかけに対して、「明日は雨だね」と答えるようにした。雨や曇りの日は、「明日は晴れますかね」という語りかけに、「賽の目次第だね」という答えを用意していたのだそうだ。

従って、紹介者でも符丁を言えない者はお引き取りを願ったのだとか。

「それでも、悪いことは長続きしねえもんでね、町方にかぎつけられたんですよ」

北町奉行所の懇意にしている同心から、近々に手入れがあるとの情報を得たという。寺社方と連携して観念寺に踏み込む、と。

その同心は法螺熊から袖の下を受け取っているため、法螺熊がお縄になっては不都合であり、北町奉行所としても客となっている者の何人かが町役人を務める有力者であるため、摘発すれば混乱を巻き起こす、との判断だった。

「それで、北町の旦那から店仕舞いするように勧められたんですよ」

これはくれぐれも内密でお願いしますよ、と法螺熊は人差し指を口に立てた。

「わかっておる。わしはおまえたちを取り締まるつもりもないし役目でもない」

但馬は手を左右に振った。

次いで、

「それで、そのことを立花に申したのだな」

但馬が問いかける。

「もちろん、言いましたよ。ですがね、立花さまは、手入れするならすればいい、なんて、度胸があるのか、自棄《やけ》のやんぱちなのか、開き直ってしまわれてね」

それで法螺熊は怖くなったという。

「立花は新城健吾について、何か申しておらなんだか」

「そっくりなお旗本の若さまですね。聞いたことがありますよ。ところが、立花さまは、ほんとお人が悪いっていいますかね、そっくりだってことで、それを楽しんでいらっしゃいましたよ」

やはり、新城健吾の名を騙って、飲み食いし、着物を誂えていたのだ。

「立花さまは着道楽でしてね、派手な小袖を着るのがお好きで」

「着物は何処で誂えていたのだ」

「日本橋の丸物屋さんですよ」

「老舗《しにせ》の呉服屋ではないか」

「そうなんですよ。しかも、立花さまが巧みなのは、丸物屋さんは新城さま出入りの呉服屋さんですからね。そこで、新城さまの若さまを騙って好きなだけ小袖を手に入れなさったんですよ」

「新城家も丸物屋も踏んだり蹴ったりだな」

但馬は苦笑を漏らした。

「まあ、丸物屋の旦那、門左衛門さんも通人で知られているお方ですがね。もちろん商人としては凄腕ですが、新城さまには甘くしないといけないわけがあったんですよ」

法螺熊は言った。

「新城は丸物屋でそれほど着物を買ったりはしておらんだろう」

質実剛健な新城陣十郎であれば、武士の体面を保つ程度以上には着物に金を費やすはずがないのだ。

すると但馬の心中を察したように、法螺熊が言う。

「新城さまの姉上は、大奥の御中﨟《ごちゅうろう》でいらっしゃいますから」

「なるほど、丸物屋の大奥出入りが叶ったのは新城の姉上のお陰ということか」

但馬の推測に、

「そういうこってすよ」

へへへ、と法螺熊は下卑《げび》た笑いを浮かべた。

「その弱みから、丸物屋は立花を健吾だと思って、請われるままに着物を渡していたのだな……おお、そうだ。丸物屋門左衛門も賭場に通っておったのではないのか」

「ええ、上客でしたよ。門左衛門さんはいつも贔屓の幇間を連れてやって来ていましたね」

「幇間、何と言う名前だ」

「ええっと、あれは確か……」

法螺熊が思い出そうと顔をしかめたところで、子分から、

「久作ですよ」

と、声がかかった。

六

但馬は日本橋の呉服屋、丸物屋へとやって来た。

門左衛門に会いたい旨を手代に告げる。

夕暮れ近くとあって、門左衛門は既に店を出て料理屋吉萬に行っているという。

但馬が吉萬の門口《かどぐち》に至ると、

「おや、お頭」

喜多八に声をかけられた。

「おお、何だ、どうしてここに……あ、いや、何だではないな。こっちがおまえの本業

か」

　但馬は苦笑を漏らし、改めて問いかけた。

「ちょうどよかった。幇間で久作という者を知らぬか」

　喜多八はきょとんとして、

「知らぬも何も、仲間でげすよ」

　と、声を大きくして答えた。

「それは好都合だ。会いたいのだがな」

「そりゃ、ご案内は致しますが……」

　喜多八は、但馬が久作になぜ会いたいのか訝しんでいる。

「わしの個人的な探索でな」

　言葉尻を曖昧にして、改めて但馬が問う。

「おまえ、丸物屋門左衛門の座敷に呼ばれておるのか」

「ええ、そうでげす」

「すると、久作も門左衛門の座敷におるのだな」

　期待を込めて但馬が訊くと、

「いえ、それが、久さんは門左衛門旦那をしくじって、お座敷に呼ばれなくなったんでげすよ」

喜多八は顔をしかめた。

「どうしてだ」

「それがよくわからなくて、やつがれは久さんのために旦那の許しを得ようと、懐に飛び込んだんで。門左衛門旦那、新しく贔屓にしている幇間がいるんでげすよ。それが男前でげしてね」

喜多八の話は要領を得ず、事情はよくわからないが、ともかく門左衛門に会うことだ。

「門左衛門の話が聞きたいのだがな」

但馬が乞うと、

「やつがれが頼んでみますよ」

快く喜多八が応じた。


但馬は吉萬の帳場に入った。

喜多八はちょいと茶菓子でも買ってきますと、近所の菓子屋に向かった。

門左衛門は改まった顔で但馬と向かい合った。緊張の面持ちの門左衛門に但馬は柔らかな笑みを浮かべ、

「三年前の新城健吾殿の死について、探索を行っておる」

新城陣十郎から依頼された経緯をかいつまんで語った。それから、

「それで、そなた、観念寺の賭場に出入りしておったのだな……あ、いや、申しておくが、そなたが賭場に出入りしていたのを咎《とが》め立てする気はない。あくまで新城健吾殿の死の真相を明らかにしたいだけじゃ」

但馬は言い添えた。

門左衛門はわかりました、と答えてから、

「確かに、あの賭場には出入りしておりました。信じて頂けるかどうかわかりませんが、手前は、決して博打好きではありませんので、通っていた賭場はあそこだけでした。それも、博打をする楽しみというより、隠れ家のような淫靡《いんび》さ漂う秘密の遊び場である点を気に入っていたから通ったのです。秘密めいた遊び場というのは刺激的ですからね」

と、満更言い訳でもなさそうに言葉を並べ立てた。

「その気持ちはわからぬでもない。こっそりとやる楽しみというものは、限りなく刺激的であるからな。だが、それだけか」

理解を示しつつ但馬は問いを重ねた。

「それだけ、と申しますと」

門左衛門は訝しんだ。

「賭場の主催者、立花京太郎への配慮からではないのか。すなわち、立花京太郎を新城健吾殿だと思っていた、のではないか」

「いろいろ思うところもございました」

「伯母《おば》である御中﨟への義理立てからであるな」

「そこまでお見通しでござりますか」

門左衛門は頭を掻いた。

「ならば、訊く。立花京太郎はそなたの目から見ても新城健吾殿と瓜《うり》二つであったのだな」

但馬の問いかけに、

「手前は新城さまの御屋敷にお出入りをさせて頂いておりますが、健吾さまと身近で言葉を交わしたことはございません。健吾さまは、おおよそ身形《みなり》に気を遣うことや着飾るということには無縁のお方でござりましたから。お顔を知っておる程度でござりましたので、あれが、立花という浪人の騙りであるとは、思いもしませんでした」

と答えた門左衛門は、申し訳ござりませんと言い添えた。

「しかし、健吾殿はそなたが申したように、質実剛健を貫く暮らしぶり、一方の立花京太郎は姿形こそ似ておるとはいえ欲徳の権化のような男。なのに健吾殿だと思ったのか」

「はい、思ったのですが……」

しつこいようだが、と但馬は問いを重ねた。

門左衛門は言葉を濁した。

但馬はうなずき、話題を転じた。

「ところで、賭場には幇間の久作を同道させておったようだな」

「ええ、まあ」

答え辛そうに門左衛門は言った。

「久作に会いたいのだが……今日の座敷には呼んでおらぬのか」

「呼んでおりません」

「漏れ聞くところでは、このところそなたの座敷に久作は呼ばれておらぬというな。どうしてだ」

「それは、久作の奴が、我慢のならないことをしでかしたからでござります」

門左衛門の額に汗が滲んだ。

「どんなことだ」

但馬は遠慮なく踏み込んだ。

「それは、お答えできないようなことでございます」

門左衛門は苦し気だ。

「久作が何か裏切ったのか」

「そういうわけでは……」

「金を盗んだのか」

「いいえ」

「わからぬな」

但馬は両手を拡げた。

「その辺は、手前と久作の間でのことでございますので、どうかご勘弁ください」

門左衛門は首《こうべ》を垂れた。

「ならば、そのことは問うまい。新たな贔屓は、千恵蔵というらしいな」

「何から何まで、よく、ご存じですな」

門左衛門は不愉快そうに言った。

「いたく、気に入りとのことだが」

「非常に気が利く、と申しますか、機転が利き、おまけに座持ちがいい。まあ、とても、腕のいい幇間ですよ」

「そんなにも優れた幇間なのか」

「何しろ、上方で修業してきたのです。幇間と噺家について修業したそうです。ですから、口達者にもなっておりますしね、これは相当な幇間になるでしょう」

「そうか。わしも一度会ってみたいものだな」

但馬は興味を示した。

「では、よろしかったら、座敷にいらっしゃいませんか」

門左衛門の誘いに、

「そなたがそう申すのなら」

但馬は応じた。

「是非にも」

門左衛門は言った。

思いもかけない展開となったが、探索のためにはこれが一番である。

「荻生さま、実は粋《いき》なお方ではないのですか。手前はそのようにお見受けしました」

「いや、わしはいたって野暮天じゃ」

但馬は右手を左右に振った。

「では、こちらに」

浮き浮きとした様子で門左衛門が腰を上げようとしたちょうどその時、千恵蔵が入って来た。

「こちら御直参の荻生さまだ。座敷にお招きしたから、よろしく頼むよ」

門左衛門に紹介され、但馬は千恵蔵に一瞥《いちべつ》をくれた。千恵蔵は居住まいを正し、「よろしくお願い致します」と両手をついた。座敷に赴こうとしたところへ喜多八が戻って来た。竹の皮包みを手にしている。

「久さんから聞いた旦那の好物、吉田屋《よしだ》の饅頭《まんじゅう》でげすが……しまった。千恵さんの分、ござんせんよ」

喜多八は包みを開いた。饅頭が三つある。但馬と門左衛門、そして自分の分のようだ。

「やつがれはいらないから、千恵さん、食べておくれ」

喜多八が勧めると、

「じゃあ、喜多さん。半分ずつ食べましょう」

千恵蔵は饅頭を手に取ると、二つに割った。右手にある半分を喜多八に差し出す。

細面、白い肌の優男には不似合いにごつごつとした手である。上方で剣術も学んだのか、と但馬は千恵蔵の手に見入った。

「いやあ、ほんと、ぴったり半分こだ。こうも鮮やかに割るってのは上方仕込みでげすか。

上方は勘定にうるさいらしいでげすからね」

　感心する喜多八に、

「上方修業とは関係ないね」

　千恵蔵は声を上げて笑った。

　但馬は視線を千恵蔵の手から、真っ二つになった饅頭に移した。

「そうか……」

　但馬は満面の笑みで饅頭にかぶりついた。

　食べ終えると大刀を女将に預け、脇差だけを腰に差し、帳場を出た。


　門左衛門のお座敷は、但馬の希望により芸者衆、囃子方は早々に引き上げた。

「楽しい宴を無粋にしてすまぬな。通人の丸物屋門左衛門が殊の外気に入った幇間、千恵蔵の座持ちぶりを見たくなったのだ」

　但馬は杯の酒をぐいっと飲み干した。

　千恵蔵はにこにこしながら蒔絵銚子を持ち、但馬に酌をした。

「修業中の身です。旦那には贔屓にして頂いておりますが、まだまだ至らない点が多々ございます。近々再び上方で修業したいと思っております」

千恵蔵は言った。

但馬は門左衛門を見た。

「手前は、このまま江戸で幇間を続けては、と言っているのですが。本人のたっての希望ですので……」

門左衛門が千恵蔵を見る。

「ずいぶんと物分かりがよいのだな」

「千恵蔵の芸熱心さに心を打たれました」

もっともらしい顔で門左衛門は言った。

「修業ならば、江戸で江戸の幇間について行う方がよいのではないか。たとえば、久作は随分と評判がよかったらしいではないか。そなたが出入りを止めるまでは」

但馬が門左衛門に問い直す。

「久作ですか……確かに腕のいい幇間でしたが、少しばかり癖が強うございますので……」

「癖のある方が面白くてよいと思うがな」

但馬は首を傾げる。

「癖の強い者は、その客に嵌《はま》ればよいのですが、そうでないと嫌われますので。やはり、幇間は誰にも好かれる方がよいと思います」

門左衛門は、「逆らうようですみません」と言い添えた。

「わしは、江戸で修業するのがよいと思うがな……既に上方の話術は習得済みであろうし、どのみち江戸で幇間を続けるのであろう」

尚も但馬が千恵蔵の上方行きに疑問を投げかけた。すると門左衛門に代わって千恵蔵が答えた。

「わたくしは、上方で幇間を続けたいと思っておるのです」

「なんじゃ、江戸を去るのか。せっかく、門左衛門のような太客を摑まえたというのに……門左衛門、それでよいのか」

但馬は視線を門左衛門に向けた。

「ええ、それはまあ……千恵蔵が望むのでしたら」

門左衛門は笑みを浮かべた。

「千恵蔵のこととなるとやけに物分かりがよいな」

但馬は腰を上げると窓辺まで歩き、障子窓を開け放った。夕暮れまでの湿った空気と違い、澄んだ夜風が吹いている。雲は切れ、星が夜空を彩《いろど》っていた。

「心地よいのう。酔い覚ましにはもってこいだ」

但馬は胸一杯に夜風を吸った。

次いで、

「千恵蔵、江戸の夜空をよく心に刻んでおけ」

と、千恵蔵を手招きした。

千恵蔵は立ち上がり、へりくだって但馬の斜め後ろに控えた。

「くだらぬことを申した。夜空は江戸で見ても上方で見ても大して変わりはない。天気は異なるがな。あれは西から崩れるものだ。それにしても、星がきれいだな」

但馬は千恵蔵を振り返った。

「明日は雨ではないでしょうか」

夜空を見上げ千恵蔵は答えた。

「雨なものか」

吐き捨てるように但馬は言い返した。

但馬の口調と表情が剣呑《けんのん》になり、千恵蔵と門左衛門はたじろいだ。

「観念寺にあった草庵には、浪人立花京太郎が居つき、賭場を開帳しておった。立花は賭場を法螺熊こと熊蔵に仕切らせた。上客に限る、ごくひそやかな賭場で、入る際には符丁が必要だった。それが、晴れた夜は、『星がきれいですね』に対し、『明日は雨だね』だ。

ちなみに、雨や曇りの日は、『明日は晴れますかね』に対し、『賽の目次第だね』だ」

但馬が言うと、門左衛門が腰を上げた。

「荻生さま、確かに手前は熊蔵親分の賭場に出入りしておりました。やはりそれを咎められるのでしょうか」

「咎めはせぬ。千恵蔵もその賭場、存じておろう。なあ立花京太郎」

但馬は千恵蔵に向き直った。

千恵蔵の視線が彷徨った。

門左衛門が但馬と千恵蔵の間に膝で進み、

「ご冗談を……荻生さま、幇間相手にご冗談が過ぎます」

取り繕うような笑みを顔に貼り付かせた。

「わしは野暮天でな、場をわきまえぬ冗談を申すこともあるが、今のは冗談ではない。本気だ。何なら、法螺熊を呼び、千恵蔵に会わせるか」

但馬は語調を強めた。

千恵蔵はうなだれた。門左衛門も黙り込む。

「三年前、草庵で新城健吾殿と立花京太郎が争った。立花が健吾殿に瓜二つなことを利用し、健吾殿に成りすまして好き放題したことを咎めたためだ。結果、健吾殿は斬られ、草庵は焼かれ、立花は逃亡した。立花は行方知れずとなったが、まさか上方で幇間修業をしておったとはな」

声を放って但馬は笑った。

黙り込む二人に向かって但馬は続けた。

「久作の出入りを止めたのは、千恵蔵を立花と気づかせぬためだな。門左衛門は久作を連れて賭場に出入りしておった。それに久作は客の顔と名前を覚える達人だそうだからな。千恵蔵が再び上方に行くのは、立花であったことを江戸で隠しおおせるものではない、と怖くなったからであろう」

心地よい夜風が吹き込んでくるにもかかわらず、座敷の空気は淀んでいた。

「ご推察の通りでございます」

門左衛門は両手をついた。

千恵蔵は茫然《ぼうぜん》としている。

但馬は相好を崩し、

「と、まあ、ここまでは容易に見抜けた真実だ。しかし、三年目の一件にはもう一つ隠された真実があった」

と、二人を見据えた。

門左衛門は顔を上げ、

「もう一つの隠された真実……で、ございますか」

と、訝しんだ。

「そうだ。真っ二つの饅頭だ」

楽し気に但馬は返したが、門左衛門は益々混迷を深めた。

「千恵蔵、法螺熊の他に新城陣十郎殿にもお主を会わせたい。新城殿はそなたを健吾だと申されるだろう」

但馬は千恵蔵に語りかけたのだが、

「それはそうでしょう。荻生さまもおっしゃられたように、立花さまと健吾さまはそっくりだったのですから」

門左衛門が答えた。

但馬はにんまりとして、

「そっくり……瓜二つ……いかにもありそうだ。が、新城殿に、奥方以外と子を成した事実はない。では、他人の空似であろうか。その可能性は否定できない。しかし、誰もが見間違う──出入りの商人丸物屋門左衛門、菩提寺の住職祥念まで見間違うとは、空似にも程がある。となると、空似というのは怪しい。つまり、空似などではなく二人は同一人物であった。立花京太郎が新城健吾に成りすましたのではなく、新城健吾が立花京太郎という浪人者を創り出し、成りすましたのだ。新城健吾と立花京太郎は一つの饅頭だったのだよ」

と、噛んで含めるように謎解きをした。

門左衛門はうなだれた。千恵蔵はうつむいたまま無言を貫いている。

「ところが、賭場が摘発されそうになり、立花を演じ続けることができなくなった。そこで、祥念と相談し、健吾が殺されたように見せかけた。焼けただれた亡骸は観念寺の墓から持って来たものであろう」

但馬が結論づけると、門左衛門が反論しようとした。

それを、

「門左衛門、もうよい」

千恵蔵は制して但馬を見据え、

「ご明察にござる」

と、潔く認めた。

「何故、立花という放蕩浪人を創り出したのだ……新城家の暮らしに飽きたのか」

努めて冷静に但馬は問い質した。

千恵蔵、いや、新城健吾は失笑を漏らし、そうですとうなずき、続けた。

「まったく、息が苦しくなるような暮らしでした。士道を貫け、武士として恥ずかしくない暮らしをせよ……口うるさく言われ続け、いい加減飽き飽きしておりました」

「それゆえ、息抜きに立花京太郎に成りすましたのだな」

但馬の問いかけに健吾は首肯し、

「初めの内は浪人の体《てい》で盛り場を散策する程度であったのです。着替えは観念寺の草庵で行いました。祥念殿には打ち明け、拙者の遊びを理解してもらいました。それで、拙者は調子づき、盛り場で喧嘩《けんか》をしたり、酒、博打、女にのめり込んだりしました。法螺熊と知り合った頃には、立花京太郎の暮らしこそが自分の本当の暮らしだと思うようになってしまっていた……」

自嘲《じちょう》気味の笑みを浮かべた。

「幇間になろうと思ったのはどうしてだ」

「侍とは全く違う生業《なりわい》に生まれ変わろうと思ったのですよ」

但馬は視線を千恵蔵から門左衛門に向けた。

「健吾を千恵蔵として匿《かくま》ったのはどうしてだ。大奥出入りの伝手《つて》だったからか」

門左衛門は違いますと否定し、

「手前は通人とも呼ばれる遊び人、健吾さまの企てに、なんて面白い遊びなんだって、感心したからです」

悪びれもせず、開き直ったように答えた。

呆《あき》れて但馬が立ち尽くしていると、

「御免！」

健吾は但馬の懐に飛び込むや腰の脇差を抜いた。

次いで、切っ先を自分の腹に突き立てようとした。

「馬鹿者！」

甲走った声を浴びせ、但馬は帯の扇子を右手に持ち、サーベルのように突き出した。脇差は扇子に弾き飛ばされ、畳に転がった。

健吾はひざから頽《くずお》れた。

「切腹などするな！」

語調を強め、但馬は命じた。

健吾は茫然と但馬を見上げた。

「新城健吾は死に、幇間千恵蔵として生まれ変わったのだろう。幇間が腹など切るか」

表情を和らげ、但馬は語りかけた。

「荻生殿……」

健吾は絶句した。

「まだまだ半人前だな。上方で修業し直してまいれ」

但馬が言うと、

「よ、よろしいので」

半信半疑の顔で健吾は問い直した。

「考えてみれば、三年前だって、誰も殺されてなどおらぬ。身代わりとなった墓の亡骸には気の毒であったが、健吾も立花も殺しは行っておらぬ。罪を問われることもあるまい。賭場の摘発も今となってはできぬしな」

但馬の裁きに、

「荻生さま、ありがとうございます。実に……実に粋な、いや、情深いお裁きでございます」

感激の体で門左衛門は礼を言った。

「門左衛門、まだおまえを許すとは申しておらぬ」

但馬は門左衛門をねめつけた。

門左衛門は両目を見開き、但馬の次の言葉を待った。

「久作の出入りを、許してやれ」

但馬が命ずると、

「わかりました……と申したいところですが、久作が承知するかどうか……」

と、門左衛門は躊躇いを示した。

「遊びであろう。通人と幇間の間の遊び、出入り差し止めごっこだ。そろそろ、ごっこも終わる頃合いだぞ」

「これは、一本取られましたな」

頭を掻き、門左衛門が苦笑すると、但馬は声を放って笑った。

第三話　しくじり忠臣蔵

一

神無月十日、お紺は浅草の盛り場、奥山《おくやま》を散策した後、浅草寺《せんそうじ》の境内《けいだい》を抜けて風雷神門《ふうらいじんもん》を潜った。

洗い髪を揺らす風で肌寒いが、柔らかな陽光が降り注いでいる。日は西に傾いているものの、暮れるには早い。それでも、お紺は一杯やりたくなった。

日があるうちに飲むなんて、我ながら女だてらにはしたない、と躊躇ったのだが、浅草並木町《なみきまち》の横丁を入った辺りで箱行灯《はこあんどん》を見た途端に迷いは吹っ切れた。灯《あか》りが入っていないため店名は読み取れないが、開け放たれた戸口からほのかに酒の香が漂ってくる。

誘われるようにして足を踏み入れた。薄暗い店内は、土間に大きな縁台が三つ並べられ、真ん中に火鉢が置かれている。各々の縁台には、だらしなく襟をはだけた、いかにもといったやくざ者や、半纏《はんてん》、腹掛けの職人風の男、薄汚れた着物に身を包んだ何をやっているのかわからない連中……いずれも場末の安酒場にふさわしい客ばかりが陣取っている。

みな、一杯の酒をちびちびと大事そうに飲んでいて、肴と言えば、小皿に盛られた豆だけだった。

縁台の奥の細長い横長の台の端に亭主と思《おぼ》しき初老の男が腰かけていた。髪は白く、枯れ木のように痩せ細った身体を縞柄の着物に包んでいる。肌はひからびて浅黒い。置物のように身動《みじろ》ぎ一つせず、お紺に気づいただろうに、

「いらっしゃい」

の、一言もない。

お紺など眼中にないかのように虚空を見つめている。それが不快な気がしないのは、背筋がぴんと伸びた姿勢のよさがどことなく品格を漂わせているからだ。

ひょっとして、一見《いちげん》の客お断り……

いや、常連と一緒でないと入店できないような敷居の高い店とは程遠い風情だ。それどころか、ざっかけないのを通り越した安酒場である。そもそも、よほどの酒好きでないと立ち寄ろうともしないだろうが。

客の行動を見ていると、横長の台の上に置かれた甕《かめ》から柄杓《ひしゃく》で茶碗《ちゃわん》に酒を注ぎ、代金を亭主の脇にある笊《ざる》に入れている。

亭主は不愛想で、「いらっしゃい」だけでなく「ありがとうございます」も言わない。それが普通なのか気にする客もいない。

出ていきたくなるような居心地の悪さだが、へそ曲がりゆえかお紺は逆に興味を抱いた。

客たちに倣《なら》って亭主の前を通り過ぎ、茶碗を手に取る。縁の欠けた、いわゆる五郎八《ごろはち》茶碗と呼ばれる安手の瀬戸物だ。柄杓を甕に入れ、茶碗に酒を注ぐと薄く白濁している。一杯で二日酔いになりそうな代物だが、この店にはぴったりだった。小皿を取ろうとすると、そこに入っている豆の量はばらばらで、いかにも適当な盛り付けであった。

まるでやる気がない、商売っ気の欠片《かけら》も感じられない亭主の営む安酒場に、お紺は江戸の奥深さを感じた。客たちは酒にも肴にも四文ぽっきり払っている。格安な料金に引かれてやってくる者ばかりなのだろう。

うっかり代金を差し出すと、亭主は受け取る代わりに顎をしゃくった。脇に笊があるから、そこに入れろという意味だ。

そうだった、と軽く頭を下げ八文を笊に入れると、何処で飲もうかと酒と肴を持って店内を見回す。ふと、客なのにどうして謝ったのかと、自分でもおかしくなった。

「姐《ね》ちゃん、ここ空いてるよ」

「こっちがいいぜ、日当たりがよくってなあ」

客の中からお紺に誘いをかける者たちが現れた。

お紺はそれらを無視して、周囲に誰もいない縁台に腰かけた。豆を盛った小皿を脇に置いてから、一口、酒を飲んだ。

つ〜ん、と鼻孔が刺激され、思わず眉間《みけん》に皺を刻んだ。酸味の強いどぶろくだ。豆をかじる。塩気が強いものの、意外にも柔らかく煮込まれている。じわっと染み出る塩味がどぶろくの酸っぱさに不思議と合っていた。

お紺の眉間から皺が消え、笑みがこぼれた。

初冬の昼下がりをゆっくりと楽しめそうだ。どぶろくを続けて飲むと身体中の緊張が解《ほぐ》れ、新参者という垣根が取れてゆく。ゆったりとした時の流れに身を委ねていると、

「てめえ、足、踏んだだろう」

「踏まれたくなかったら、引っ込めてろ」

酔っ払い同士の喧嘩が始まった。

突如、自宅に土足で踏み込まれたような不快さに襲われ、お紺は無粋な二人を睨んだ。

半纏に腹掛け姿で、職人のようである。一人は背が高く、もう一人はずんぐりとした小太

りだ。

凹凸《でこぼこ》な二人は、

「謝れ」

「てめえこそ」

と、熱をはらんだいさかいを続けた。

「やれ、やれえ」

と、囃《はや》し立てる者は少数で、知らん顔で酒を飲んでいる客が大半だ。

亭主はというと、虚空を見つめたままだ。

ひょっとして亭主は口が利けないのか、とお紺は訝しんだ。

周囲の反応はともかく、二人の喧嘩は止まず、ついにはどちらからともなくお互いの襟首を摑んで立ち上がった。

目を血走らせ、凄い勢いで怒鳴り合う。囃し立てていた者たちもいつしか迷惑顔となり、無視を決め込んだ。どちらかのどぶろくが火鉢にこぼれ、灰神楽《はいかぐら》が立ち昇った。周りの客が咳《せ》き込みながら着物の袖をばたばたと振り煙を払う。

やおら、亭主が立ち上がった。

つかつかと二人に近づき、黙って襟首を摑むなり戸口へと引きずっていく。

「な、何しやがる」

「い、痛いよ」

二人は口々にわめき立てた。

「表でやれ」

低くどすの利いた声で亭主は言い、二人を戸口から表に突き飛ばした。

粗末な着物に身を包んだ痩せ細った初老の男が、この一瞬、お紺には一角《ひとかど》の武芸者のように見えた。

亭主は無表情のまま二人が飲み残した茶碗を下げ、元の位置に腰かけた。お紺は酒を飲み終え、二杯目を求め、横長の台の前に立った。甕から茶碗に酒を注ぎ、四文を笊に入れる。横目に映る亭主はやはり虚空を見つめていた。

お紺は二杯目をゆっくりと味わった。一切飾り気のない店、客筋はお世辞にもよいとは言えない、安く酔いたいだけの者ばかりだ。酔客同士の揉め事は日常茶飯事であろう。

そんな安酒場に紅一点のお紺に、男たちが執拗《しつよう》な誘いをかけてこないのは、凄みを秘めた亭主の存在があるからかもしれない。

口は利かずとも異様な存在感を亭主は放っていた。

何者だろう。

否《いや》でもお紺は興味を覚えてしまう。

さすがにいきなり素性を確かめるのは躊躇われる。通っていれば、常連客から徐々に聞くことができるだろうか。

いや、亭主は、常連だろうと親しくやり取りはしないだろう。只者ではない気がするが、何者なのか知らぬままの方が飲んでいて楽しいかもしれない。

隙間風が冷たくなってきた。

二杯目を飲み終え、お紺は店を出た。

すると、亭主が追いかけて来る。

何事かと身構えると、亭主は箱行灯に灯りを入れた。

箱行灯に、「枯尾花」という店名が浮かび上がった。夕闇迫る周囲の情景に滲む、「枯尾花」という文字が玄妙だ。

「幽霊の正体見たり、枯尾花……」

そんな句が思わず口をついて出た。

ふと気づくと亭主はいない。

まるで時節外れの幽霊だ、とお紺はおかしくなった。当然、幽霊なんぞであるわけもなく、亭主は店内の定位置に腰かけ、虚空を見つめていた。

木枯らしに包まれながらもお紺は、心に温《ぬく》もりを感じていた。

二

お紺は枯尾花に通い続けた。

決まって茶碗酒二杯と豆で、締めて十二文である。酔っ払い同士の喧嘩はお定まりで見られたが、その度に亭主が外に摘まみ出した。

初めて来た時にやり合っていた職人風の二人は常連のようで、亭主に摘まみ出されたにもかかわらず、懲りずに来ている。喧嘩する程仲がよいとはよく言ったものだ。耳に入るやり取りで、左官だとわかった。長身が音吉《おときち》、ずんぐりが寛太《かんた》である。

二人はいつも楽しそうに飲み始めるのだが、三杯目を過ぎたあたりから、些細《ささい》なことで言い争いになり、度が過ぎると亭主に摘まみ出される。慣れっことなったお紺は、二人の喧嘩が始まると、

「待ってました」

と、内心で声をかけている。

二十日の夜更けにもお紺は店を訪ねた。

肌を刺す夜風に背を丸めながら戸口に立つ。箱行灯の灯りが残り、場末の酒場ぶりが際立っていた。店に入ると客はいなかった。一人、亭主が横長の台に腰かけ、いつものように虚空を見つめている。

言葉を交わすこともなく、五郎八茶碗に甕から酒を注ぎ、肴をと思ったが、すでに小皿は売り切れている。仕方がない、酒だけ飲んで帰ろうと縁台に腰を下ろした。かじかんだ手を火鉢にかざすと、生き返ったような心地がした。

明かり取りの窓から月光が差し込み、店内をほの白く照らしている。背筋をぴんと伸ばした亭主は毅然《きぜん》として見えた。その時、やおら亭主が立ち上がり、木箱を持って来た。弁当箱のようだ。亭主は弁当箱の蓋を開け、お紺の脇に置いた。

「弁当を持参したが、手をつけておらぬ。よかったら肴にせよ」

代金はいらぬと言い添えて亭主は横長の台に戻った。

お紺は笑みをこぼしつつ、弁当箱の豆を摘まむ。脇には卵焼きもあった。弁当は女房が作っているのだろうか、それとも、娘か。口ぶりからして、亭主は侍の出のようだ。

侍であったとしても意外ではない。むしろ、寡黙で威厳のある亭主にはふさわしい。お紺はそんな思いを巡らせながら酒を飲んだ。亭主の素性について益々知りたくなったが、聞いたところで答えてはくれまい。不愉快に思われるだけだろう。

逆にお紺自身のことを穿鑿《せんさく》されても迷惑だ。

飲み終え、お代わりがしたかったが、そろそろ店仕舞いと思われ、長居は迷惑だろうとお紺は腰を上げた。

ふと、客がこんなに気を遣うのもおかしなものだと思いながら、空になった茶碗とほとんど箸を付けなかった弁当箱を亭主に返し、帰ろうと戸口に向かった。

戸口に立ったところで、

「気をつけてな」

亭主が労《いたわ》りの言葉をかけてくれた。

お紺は振り返り、礼を返そうとした。

すると、

「御免」

と、甲走った声が聞こえ、男が入って来る。避《よ》ける間もなく、お紺は男とぶつかってしまった。男の勢いにお紺は転倒した。

しかし、倒れたお紺を無視し、男は亭主の前に立った。小袖に袴、腰には大小を帯びているが、月代《さかやき》が伸びている。浪人のようだ。立ち上がろうとした時、もう一人浪人が入って来た。

お紺は起き上がり、着物に付いた汚れを払って二人を睨みつけた。

「御家老、今日こそ、ご決意ください」

先に入って来た男が亭主に声をかけた。

「断る」

亭主はぶっきらぼうに右手をひらひらと振った。

御家老……

亭主は何処かの大名家の家老を務めていたのか。武家の出とは思ったが家老であったとは。大名家といっても千差万別、加賀《かが》百万石のような国持の大大名もいれば、三万石以下、城を構えられず陣屋住まいの小大名もいる。それでも、大名家の家老ともなれば、数百石から千石くらいの禄高だったのではあるまいか。

それが、このような安酒場を営んでいるとは、よほどの事情があったに違いない。

「御家老、事は急を要します」

もう一人も熱っぽい口調で語りかけた。

「わしにその気はないと、何度申したらわかるのだ」

にべもない口調で亭主は返す。

二人は腰かけたままの亭主の前に立った。

男たちは共に中背、一人はなで肩でもう一人は怒り肩である。亭主は立ち上がり二人を押し退《の》け、お紺に歩み寄ると、

「怪我《けが》はないか」

と、語りかけた。

「大丈夫ですよ」

お紺が返事をしているのに、

「みな、御家老の決断を待っております」

なで肩が割り込んできた。

「客人がおるのだ。商いの邪魔を致すな」

亭主は甲走った声を発した。

なで肩はむっとしたが、

「武井《たけい》」

と、怒り肩がその袖を引いた。

「権藤《ごんどう》、しかし」

なで肩の武井は不服そうにしたが、

「帰るぞ」

怒り肩の権藤に急《せ》かされ、諦《あきら》めたように戸口に向かった。

「失礼致しました」

出しなに権藤が一礼すると、不承不承武井も頭を下げた。

二人が出て行ってからお紺は亭主に向かって改めて礼を言い、店を出ようとした。

それを、

「どうだ、もう一杯」

ぶっきらぼうな口調で亭主が引き留めた。

「ああ、そうしましょうか」

お紺は茶碗を取ろうとしたが、亭主はやんわりと制すると柄杓を甕に突っ込み、茶碗に酒を注いでくれた。それを受け取ると、

「親父《おやじ》さんはお飲みにならないんですか」

と、ふと口をついて出てしまった。

次いでお紺は、自分が敬語を使っていることに気づく。御家老という身分を知ったからではない。亭主には敬語を使わせるだけの威厳が感じられるのだ。

「こんなまずいもの……あ、いや、それを申してはならぬな。客に失礼だ。すまぬ。失言じゃ」

亭主は頭を下げ、自分の分を茶碗に注いだ。

武骨でありながら誠実さが滲む亭主にお紺は温かみを感じ、おかしくもなって、笑いを嚙み殺した。

「おかしいか」

亭主が気づいた。

「ええ、おかしいです」

返すとお紺は声を上げて笑った。

「似合わぬことをやると、馬脚を露《あらわ》すものじゃな」

亭主も笑った。

ひとしきり笑ってから、

「お武家さまなのですか」

お紺は先程の者たちから「御家老」と呼ばれていたことを問うた。

亭主は自嘲気味な笑みを浮かべ、

「さる大名家……あ、いや、隠し立てをすることもないな。上野国榛名《こうずけのくにはるな》藩大沼若狭守《おおぬまわかさのかみ》さまの城代家老を務めておった、倉石内蔵助《くらいしくらのすけ》と申す」

と名乗った。

棒名藩は外様《とざま》、五万五千石、昨年の四月に改易に処せられた。藩主、大沼若狭守昌晃《まさあき》が江戸城中にて乱心の上、老中茅野出羽守和義《ちのでわのかみかずよし》に刃傷《にんじょう》に及んだのを咎められての処置だった。

現在巷《ちまた》では、江戸城中で起きた刃傷事件とあって、元禄《げんろく》期の赤穂《あこう》事件を重ねての、好き勝手な憶測が飛び交っている。

老中茅野出羽守に対し、大沼家の旧臣たちが仇討《あだう》ちを企てているという見立てだ。これは、多分に世間の期待でもあった。物見高い江戸っ子は面白い出来事に飢え、日々、それを求めているのである。

大沼若狭守が刃傷に及んだ理由も様々に取《と》り沙汰《ざた》されている。もっともらしいものとしては、大沼家は印旛沼《いんばぬま》の干拓という難工事を幕府から命じられるところだったが、その首謀者が茅野出羽守だというのがある。茅野は別の大名家に下されるはずだった印旛沼干拓工事を賄賂《わいろ》によって大沼家に担わせようとした、というのだった。印旛沼干拓は過去二度試みられたが普請の困難さから共に挫折《ざせつ》している。

もちろん、一つの大名が全てを行うわけではないが、発生する工事費は基本的に大名の負担、一部でも任されれば莫大な費用がかかる。台所事情が楽ではない大名家は珍しくはなく、大沼家とて例外ではなかった。それゆえ、印旛沼干拓の普請をさせようとした茅野への不満と怒りを大沼昌晃は城中で爆発させたというのである。

かてて加えて、下世話な噂話も流れている。

茅野が大沼の奥方に横恋慕した、というものだ。こうなるともはや、赤穂事件を題材にした人形浄瑠璃《にんぎょうじょうるり》、それを歌舞伎《かぶき》にした「仮名手本忠臣蔵《かなでほんちゅうしんぐら》」である。「仮名手本忠臣蔵」で浅野内匠頭《あさのたくみのかみ》に擬せられた塩冶判官《えんやはんがん》の奥方顔世御前《かおよごぜん》に、吉良上野介《きらこうずけのすけ》に擬せられた高師直《こうのもろのう》が横恋慕して塩冶判官を苛《いじ》め抜く、という浄瑠璃、芝居の世界である。夢物語もいいところなのだが、読売は面白おかしく書き立てている。

そして、その方が売れるのだ。

印旛沼干拓絡みがどの程度事実なのかは不明ながら、忠臣蔵よりは現実味、信憑性《しんぴょうせい》がある。ところが、庶民受けするのは醜聞の方なのだ。茅野の横恋慕の線に則って記事を展開する読売屋は、印旛沼干拓説を主張する読売屋を圧倒する売上である。

読売ばかりか、草双紙《くさぞうし》としても出版され、大沼昌晃を塩冶判官、奥方を顔世御前、茅野和義を高師直に描いた錦絵まで売り出されていた。もっとも登場人物が忠臣蔵と同じでは区別がつかないため、二代塩冶判官、後《あと》顔世とし、高師直ではなく師直の弟で兄同様に専横を極めたと伝わる師泰《もろやす》になぞらえてあった。

こうなると大衆が待ち望むのは大星由良之助《おおぼしゆらのすけ》の登場であろう。そして「仮名手本忠臣蔵」になぞらえるなら、倉石内蔵助こそが大星由良之助である。

大沼昌晃による茅野和義への刃傷沙汰は、浅野内匠頭の吉良上野介へのそれと同様に、周囲から見れば唐突なものだった。

松の廊下を歩いていた大沼が突如として脇差を抜き、茅野に斬りかかったのだとか。

茅野は殿中の作法に則り、自らの脇差には手をかけず、その場を逃れた。このため、茅野に落ち度は認められず、大沼の乱心と判断され、大沼本人は切腹、大沼家は改易の憂き目に遭ったのだった。

「御家改易の後、江戸に出てこられたのですね」

「国許に住まうわけにもいかず、まあ、江戸でなら暮らしが立ちゆくと思い、出て参った」

淡々と倉石は答えた。

「失礼ですが、お身内は……」

お紺の問いかけに倉石はやはり落ち着いて応じた。

妻は三年前に病死を遂げたこと。一人息子の主税《ちから》は共に江戸にやって来て町道場を開いていること。倉石はこの店の近くの長屋で暮らしていること。

「ご子息は主税さま……と、おっしゃるのですか」

忠臣蔵のことが頭にあり、お紺は思わず問いかけた。

「そう、倉石主税という名じゃ。大石内蔵助の一子、主税と同じで、殿の刃傷沙汰といい妙な因果じゃ」

倉石は苦笑した。

大石主税、「仮名手本忠臣蔵」では大星力弥《りきや》として描かれている。

倉石は続けた。

「因果ついでに申すと……亡き妻は理玖《りく》という名でな、芝居が大好きで特に、『仮名手本忠臣蔵』を好んだ。それゆえ、内蔵助と理玖の息子なのだから、と息子に主税と名付けたのだ。芝居好きも大概にしろ、と親戚などには不評であったのだが、わしは妻の希望を聞き入れた。まさか、殿が浅野内匠頭、御家が浅野家と同じ運命を辿《たど》る、とは、その時は夢にも思わなかった」

息子を主税と名付けるのに異を唱えた親戚たちは、だから反対したのだ、と倉石を詰ったそうだ。

「妻が死に、二年後に御家は改易……妻が生きておれば、己《おの》が『仮名手本忠臣蔵』好きを悔いたであろうか……それとも、忠臣蔵の再現だと得意げにしたか、更には大石内蔵助、大星由良之助となって主君の仇を討て、などとわしの尻を叩いたであろうかのう」

倉石は虚空を見つめた。

この店で常に虚空を見つめているのは、亡き妻を思い出し、語りかけているからだろうか。やがて倉石は我に返り、

「もっとも、わしは大星由良之助とは違い、洒落た遊びとは無縁だ。祇園《ぎおん》の茶屋で芸妓《げいぎ》、幇間を侍らせ、敵を欺《あざむ》く遊びなどはできぬ武骨者じゃ」

と、安酒場を見回した。

「どうして、この店を営んでいらっしゃるのですか」

お紺は問いを重ねた。

五万五千石の大名家といえば大きくはないが、赤穂藩浅野家の五万三千石とほぼ同じ、大石内蔵助は千五百石、倉石は大石同様の城代家老だったのだから禄高も近いだろう。忠臣蔵七段目で描かれる祇園一力《いちりき》茶屋における大星由良之助の遊興は、芝居ならではの大袈裟な描写としても、実際の大石内蔵助も伏見《ふしみ》の橦木町《しゅもくまち》の遊郭で遊んでいた。大石は粋な遊び人であったようで、遊郭通いは吉良の密偵の目を欺くためばかりではなかった。

従って、倉石もその気になれば、大石程ではないにしろ、不自由のない暮らしを送り、偶《たま》には茶屋酒にだってありつけるのではないか。少なくとも、うらぶれた酒場を営むこと

はあるまい。

お紺の心中を読み取ったようで、倉石は自身が枯尾花を営むわけを語った。

「江戸に出て、わしも倅と道場を営んでおったのじゃ。大沼家出入りの呉服屋の地所を譲ってもらい、道場を普請するのに多額の金子を費やした。蓄えのほとんどを使うことになったのじゃが、江戸での新たな門出のためなら、と迷いはなかった。ところが、道場を開いて間もなく、ふと剣というものを捨てようという気になったのだ」

「捨てる……ですか」

思わず問い返してしまった。

「捨てねば、と思い直した。武芸を磨き、門人を集めておるとなると、よからぬ噂が立つ。大沼家の旧臣どもも出入りするようになり、大沼浪人の巣窟《そうくつ》になりかねなかった。道場を畳もうと言ったのだが、倅は剣の道を究めたい、と頑として聞かなかった。倅は若い。前途を絶つのもどうかと思い、わしのみが身を引き、道場は倅に譲った。さて、わしは何をしようかと考え、商いをしようと思ったのだが、何しろこのような武骨者じゃ。よって、こんな不愛想な安酒場の亭主をやっておる。大石内蔵助になれない不忠者の成れの果て……じゃな」

己が落魄《らくはく》ぶりを恥じるように倉石は自虐的な言葉で話を結んだ。

主君大沼若狭守の刃傷沙汰がなければ、大名家の家老として生涯を送ったのだ。運命の変転に様々な思いが渦巻いているに違いない。それを胸に閉じ込め、誰に語ることもなく店を営んでいるのだ。普段の寡黙な酒場の亭主という姿とは裏腹に饒舌《じょうぜつ》なのは、お紺相手に語る内に、これまでの苦悩が堰を切ったように流れ出たのだろう。

「わたしは、とてもよい酒場だと思います」

心の底からお紺は褒めた。

倉石の顔が綻んだ。

「世辞でもうれしい」

「お世辞ではありませんわ。ですから、通っているのですもの」

「そうか、それはありがたいな……そなたは、生まれも育ちも江戸か」

「長崎から流れてきました。大道芸人の一座に加わっているのですよ」

「ほう長崎から……」

倉石はお紺の来し方に関心を抱いたようだが、

「様々なことがあったのであろうな」

と、その半生に立ち入るのを控えた。

ここでお紺は、先程の二人が気になった。

「ところで、先程のお侍は、大沼家の旧臣方ですか」

「すまぬな、乱暴者で」

「それはよいのですが、何だか血走った目で倉石さまを見ておられました」

「まあ、うるさい者どもじゃ」

倉石は苦笑した。

それ以上のことを聞くのは躊躇われた。しかし、武井と権藤は倉石に決断を求めていた。倉石が大沼家の城代家老と知れば、その言葉の意味が、大石内蔵助さながらに主君の仇討ちの指揮を求めているものではないかと察せられた。

倉石は拒んでいるのだ。

心ならずも安酒場の亭主として暮らす己を受け入れており、その平穏を乱されたくはないのだろう。

これ以上、倉石を煩わせてはならない。

「御馳走《ごちそう》さまでした」

礼を言うと、お紺は腰を上げた。

「これに懲りず、また、来てくれ」

倉石は戸口まで見送ってくれた。

はいと、お紺が返事をすると、

「よき、星空じゃな」

寒夜を見上げた。

満天の星空である。冷気に包まれながらお紺も見入ってしまった。

三

読売は、大沼家旧臣たちがいよいよ主君の仇討ちに立ち上がる、と書き立てている。

二十一日の昼、元老中松平越中守《えっちゅうのかみ》定信――今は隠居して楽翁《らくおう》――が夕凪を訪れた。焦げ茶色の宗匠頭巾《ずきん》を被り、同色の小袖に裁着け袴《たっつけばかま》といった形は、大店のご隠居のようだ。かしこまろうとする但馬を制し、楽翁はざっくばらんな様子で持参の酒を酌み交わそうとした。宗匠頭巾から覗く髪は白くなっているが、肌艶はよく、目には力が感じられる。

「それも、よろしいのですが。いかがですか、うどんでも」

と、但馬は近所にできたうどん屋に誘った。

「そなたが薦《すす》めるのじゃ、美味いのであろう」

楽翁は期待に目を輝かせた。但馬が食通であるのを知っているがゆえの反応である。

但馬と楽翁は柳橋にあるうどん屋、上州屋《じょうしゅう》に入った。

お昼のかき入れ時を過ぎたとあって、店内の客はまばらだ。窓から黄色く色づいた銀杏《いちょう》の木が見える。小上がりの入れ込み座敷で向かい合った。

「うどんは後でもらうとして、まずは軽くいきますか」

但馬は猪口を持つ格好をした。

楽翁が断るはずもなくうなずいた。酒と葱《ねぎ》をくれ、と但馬は頼んだ。

女中が元気よく注文を主人に取り次いだ。

「楽しみじゃな」

楽翁は頬を綻ばせた。

酒は上方下りの清酒ではなく、関東地廻りのもので、ぬる燗《かん》にすると美味い。

やがて、肴が運ばれて来た。

上州名産、大皿にぶつ切りにして焼いた下仁田《しもにた》葱、脇には味噌が添えてあった。頼んでいないが小鉢も運ばれ、炒《い》った銀杏《ぎんなん》が盛り付けてあり、亭主の気遣いがうれしい。

「さあ、どうぞ」

但馬が勧めると、楽翁は箸で葱を摘まみ、味噌を付けてから口に運んだ。しばらく咀嚼

した後に、

「うむ、これはよい」

楽翁は満足そうに言い、酒を飲んだ。

その間、但馬は銀杏の殻を割り、実を大皿に移した。楽翁のくつろいだ様子に安堵し、
但馬も大皿に箸を伸ばす。

噛み締める程に葱の甘味がじわっと沁《し》み出て、味噌と溶け合っていく。しゃきしゃきと
した食感も心地よく、単純な料理ながら酒の肴にはもってこいである。

しばし、葱と銀杏を賞味して、

「では、そろそろうどんを」

但馬は言った。

楽翁もよき頃合いだったようで、うなずいた。

やがて、手打ちうどんが運ばれて来た。大きな皿に艶やかに輝くうどんが盛られている。

汁をかけられてはおらず、盛り蕎麦のように汁に浸けて啜り上げるのだ。

「これを汁に入れると、味が締まります」

但馬はすりおろした生姜《しょうが》を勧めた。

「うむ」

楽翁は、それは妙案という顔をした。

汁の中にも細かく刻んだ葱が入っていた。楽翁は勢いよくうどんを啜る。

「うむ、これもよい」

楽翁は立て続けに舌鼓を打った。

コシのあるもちもちとしたうどんで、のど越しもよい。ここでも葱の辛味が味を絶妙に引き立てていた。

すっかり、満足顔の楽翁は、

「上州といえば、大沼家旧臣を巡る噂話、耳にしておろう」

おもむろに切り出した。

「読売が盛んに書き立てておりますな」

但馬は苦笑した。

「好き勝手、書きよる」

楽翁は苦笑いを浮かべた。

「それが商いですから」

「それはそうじゃがな。しかし、どうにも、気になるのじゃ」

「どの辺りが……」

「何故、そのような噂が立っておるのであろうな」

楽翁の静かな問いかけに、但馬は答えた。

「江戸には物見高い民が集まっております。彼らの興味を掻き立てる記事を提供するのが読売屋です。巷では、江戸城中で起きた大沼若狭守さまの茅野出羽守さまへの刃傷沙汰を、かつての浅野内匠頭の吉良上野介への刃傷になぞらえております。読売には格好のネタ、民も我先に買い求めるでしょう。何しろ、『仮名手本忠臣蔵』は独参湯《どくじんとう》と呼ばれる程の評判演目ですからな」

独参湯とは朝鮮人参から作られた効き目抜群の薬のことで、「仮名手本忠臣蔵」を上演すれば、瀕死《ひんし》の座元でさえ生き返る、外れなしの人形浄瑠璃や歌舞伎芝居の演目なのだ。

「そのようじゃのう」

楽翁もうなずく。

「実際はどうなのでしょう。刃傷沙汰の理由が、読売が無責任に書き立てておる、印旛沼干拓や大沼さまの奥方への茅野さまの横恋慕などであるとは思えませぬが。さて、実際にはどのようなものであったのでしょうか」

但馬は興味深げに問いかけた。

「それがな、茅野には全く心当たりがなく、まさしく大沼の乱心としか思えないそうだ」

茅野は印旛沼干拓の手伝い普請を大沼家に命ずる算段などしていない。そもそも、幕閣の間では印旛沼干拓について取り上げられてはいるものの、普請自体は具体的に計画されていない。ましてや、恐妻家の茅野が大沼の妻に横恋慕などするわけがない。

「公儀御庭番《おにわばん》が大沼家中に探りを入れたのだがな、面白いことがわかった」

楽翁はここで言葉を止めた。

但馬は首を捻り、話の続きを求めるように口を閉ざした。

楽翁は続けた。

「大沼若狭守昌晃は、神経を病んでおったということじゃ。それゆえ、重臣どもは押し込めを企てておったそうじゃ」

押し込めとは、家老などの重臣たちが合議し、素行不良、暗愚の藩主を強制的に隠居させ、新たに藩主を立てることを言う。一歩間違えば御家騒動になりかねない行為ではあるが、公式には自主的に隠居したことになるので、幕府に咎められることもない。

「大沼さまは、それ程までに神経を病んでおられたのでしょうか」

「重臣たちが減封を憂慮する程には病んでおったようじゃ」

「重臣方は若狭守さまの後の藩主に、どなたを据えようとしていたのですか。まさか、茅野さまのお身内……」

「茅野に関わりはない。関わっておったなら、大沼が茅野に遺恨を抱き刃傷に及んだのもわかるが。実際は異母弟の昌安《まさやす》だな」

昌安は側室の子、昌晃の三つ年下で、聡明との評判であったとか。

「大沼家では昌晃が藩主の座に就く際にも、昌晃ではなく昌安こそ藩主にふさわしいという声が大きかったそうじゃ」

「茅野さまへの刃傷沙汰が起きなければ、大沼家では昌晃さまの押し込めが実行され、昌安さまが藩主となったということですな」

但馬は言った。

「その通りじゃ。よって、大沼若狭守昌晃は私怨《しえん》あって茅野出羽守和義に刃傷に及んだわけではない。大沼家の家臣にすれば、暗君が起こした不祥事の巻き添えを食らって、路頭に迷ったということだ」

気の毒にのう、と楽翁は大沼家旧臣に同情を寄せた。

「家臣の者たちが哀れですな」

但馬もしみじみと言った。

「そんな事情も知らず、赤穂浪士の快挙を再び、などと世の無責任な者どもが煽《あお》り立てておる」

一転して楽翁は嘆いた。

「しかし、人の噂も七十五日、その内、飽きられましょう」

但馬の考えに、

「その通りであろうな」

楽翁も賛同した。

しかし……

この時、但馬の胸に言いようのない不安が過《よぎ》った。何か起こるのではないか。恐るべき何かが——。

「大沼家の旧臣たちは今、どうしておるのでしょう」

気になり楽翁に問いかけた。

「万が一を考え、公儀も旧臣どもの動向には目を光らせておる。行方が知れぬ者も大勢おるゆえ、把握できておるのは限られておるが。江戸に在住しておる者は二十人余りじゃ。その者どもは南北町奉行所の隠密廻りの手先が見張っておる」

楽翁は言った。

「用心に越したことはございませぬ。大沼さまが刃傷に及んだ際、浅野内匠頭の時のように、世間の公儀への非難は起きませんでしたな。あ、いや、拙者、長崎におりましたので、あくまでも風聞を耳に致したに過ぎませぬが」

　遠慮がちに但馬は疑問を呈した。

「それはのう、浅野の時と違って大沼の詮議《せんぎ》には十分な時をかけたからじゃ。むろん、茅野への調べも慎重を期して行われた」

　評定に当たった目付に対し茅野がいたって冷静に応じたのに対し、大沼は始終、視線が定まらないばかりか、度々、意味不明の言葉を漏らし、時に叫び立てるなど、まことに乱心としか思えぬ対応を繰り返した。

「よって、大沼若狭守、乱心ということで、落着となった。切腹、改易の仕置きは十分なる詮議と手続きの上で行われたのだ。仕置きに異論は出なかった。世の者どもも騒いだりはしなかった」

　楽翁は幕府の評定に手落ちはなかったと言い添えた。

「これで、仇と糾弾されるなら、茅野さまへの逆恨みもいいところですな」

「そういうことじゃ」

　今度は茅野を、楽翁が気の毒がった。

　江戸城中での刃傷事件は浅野内匠頭の一件ばかりではない。いくたびか起きている。従って事件発生の際には、それらの刃傷沙汰と比較して特別視されることはなく、赤穂事件の再来とは世間も受け取らなかったのだ。それが急に、赤穂浪士の仇討ちと同様に期待の声が高まっているのは、読売が特集記事を書き、草双紙、錦絵も大々的に売られるようになったからだろう。

読売が大沼の刃傷沙汰に関心の目を向けたのは、大沼家の城代家老が大石内蔵助ならぬ倉石内蔵助、息子も同じく主税という名だったからだ。読売は倉石を「今大石」とか「今大星」、息子を「今主税」「今力弥」と称して、大衆の関心を掻き立てたのである。

瓢簞《ひょうたん》から駒、ということもある。世論に煽られ、大沼浪人の中で赤穂浪士を気取る者が出て来ても不思議はない。実際、その内の何人かは、読売の取材に応じ、主君の仇討ちを匂わす発言をしているようだ。

「よもやとは思いますが、茅野さまの御屋敷の警護に手抜かりはござりませぬでしょうな」

但馬の問いかけに、

「表向き茅野はそのような埒《らち》もない噂を相手にはしておらぬが、家臣どもは大沼浪人への気配り、目配りを怠ってはおらぬ。南北町奉行所と連絡を取り合っておるようじゃ。大沼家の旧臣から、世間の流言に乗せられ軽挙妄動する者が現れたとしても、よもや赤穂浪士のように屋敷に討ち入るような真似は致さぬと思うが、茅野の登城、下城の行列を襲うという事態は考えられなくもない。それゆえ、その方の備えも万全にしておるとのことじゃ」

と楽翁は答え、とんだ迷惑だと言い添えた。

「まったく、流言がまかり通りますと困った事態になりますな」

他人《ひと》ごとながら但馬も、茅野への同情を禁じ得なかった。

ここで楽翁が、

「いつか笑い話になればよいのじゃが、まだ楽観はできぬ。そなたにも一人、探りを入れてもらいたい者がおるのだ」

と、頼んできた。

但馬に、後見人である楽翁の頼みを断る理由はない。

「承知しました。して、誰に」

但馬は身構えた。

「他ならぬ、大沼家城代家老、倉石内蔵助の息子主税にだ」

「倉石主税ですか」

今力弥か、と但馬は思った
「そうじゃ。赤穂浅野家城代家老大石内蔵助の一子、主税と皮肉にも同じ名前。しかも、因縁めいたことに、倉石内蔵助には大石と同じく昼行灯という二つ名があるそうじゃ」

楽翁が笑った。

読売はその辺のところも面白がって赤穂浪士になぞらえているようだ。偶然とはいえ、妙な因縁である。

「倉石主税、今はどうしておるのですか」

「神田お玉《たま》が池《いけ》で道場を開いておる。これまた皮肉にも大石内蔵助が学んでおった東軍流《とうぐん》だそうじゃ。剣術道場ばかりか兵学の講義も行っておる」

「兵学は山鹿《やまが》流ですか」

苦笑混じりの但馬の問いかけに楽翁はうなずいた。山鹿素行《そこう》を祖とする山鹿流の兵学を大石内蔵助は学んでいた。吉良邸討ち入りの際、大石が打ち鳴らしたのは山鹿流の陣太鼓だ。

「読売が面白がる題材が揃っているということですな」

「そういうことだ。取り越し苦労で済めばよいのじゃがな……倉石が大沼家旧臣どもを糾合し、茅野を討つとも思えぬが、旧臣どもの中には、読売と世間の声に煽られて妙な考えに奔《はし》る者が出てくるかもしれぬ。倉石にその気がなかろうとも、若い主税なら血迷って担がれることがなくはない。主税の動きと人となり、よく見定めてくれ」

頼むぞ、と楽翁は言い添えた。

承知しました、と但馬は頭を下げた。

うどん屋を出ると、風がひときわ冷たい。次からは温かいうどんにしよう、と但馬は心に決めた。

主税を探るよう命ずる一方で、楽翁は倉石のことは心配していなかった。おそらく、動きを摑んでいるのだろう。

木枯らしに、黄落した銀杏の葉が舞っていた。

四

明くる日の昼下がり、但馬は神田お玉が池にある倉石主税の道場にやって来た。

菅笠を被り小袖に裁着け袴、羽織は重ねず、腰に大小を落とし差しにしている。道場は百坪程の敷地に建っていた。道場の他に母屋があり、玄関に山鹿流兵学指南の看板が掲げられていた。庭では紅葉《もみじ》と銀杏の落ち葉が交じり合い、紅と黄色の斑《まだら》模様を作っている。

武者窓の隙間から稽古《けいこ》の様子を見た。数人の門人たちが紺の道着に身を包み、木刀で素振りを行っている。見所《けんじょ》に端座して鋭い目で稽古の様子を見ている若者が倉石主税であろう。

但馬は玄関に回り、

「頼もう」

と、大きな声を発した。

すぐに門人が応対に現れた。

「倉石先生に一手御指南を願いたい」

但馬は申し出た。

「少々、お待ちください」

門人は奥に引っ込んだ。

庭から賑やかな声が聞こえた。視線を向けると、数人の男たちが語らっている。手拭を吉原被りにし、小袖を尻はしょりにして腰に矢立てと帳面をぶら下げていた。

「お上がりください」

門人が戻って来て案内に立った。

但馬が道場に入ったところで、

「拙者と手合わせをしたいと望まれるのですな」

主税が語りかけてきた。

歳の頃は二十歳前後、道着の上からでも鍛え抜かれた身体だとわかる。真っ黒に日焼けし、精悍《せいかん》さを漂わせてもいた。大石主税は吉良邸討ち入りの時には数えで十五、翌年には切腹しているから享年十六の若さで散った。眼前の倉石主税よりも若かったのだと、但馬は思わず感慨に浸ってしまった。

いかん、読売に踊らされている、と但馬は己を諌《いさ》めた。

次いで、

「いかにも」

短く答えた。

道場破りへの対処は、いくらかの小銭を与え帰らせるというのが一般的であるが、

「承知しました」

主税は受け入れた。

「では、よろしくお願い致す」

但馬は直参旗本荻生但馬と名乗った。

「ほう、御直参であられますか。東軍流に興味を持たれたのか、それとも昨今の騒ぎに便乗なさろうというのでしょうか」

主税は言った。

「お気づきでしょう。当道場には世間の耳目が集まっております。現に今も読売屋どもがたむろしておりますし」

「便乗とは」

なるほど庭にいたのは読売屋か。

「わしが便乗して何になりますかな」

但馬は主税を凝視した。

「ごもっともです。御旗本であれば仕官の必要はなし、名を揚げる必要もありませんね。では、どうして拙者と手合わせを求められるのでしょう」

「野次馬根性ですな。読売の評判に興味を覚え、そして、東軍流にも興味を抱いた次第」

もっともらしい理由でありながら、本音でもある。

主税はうれしそうに微笑んだ。

「手合わせ、願えますか」

「もちろんです」

望むところと、主税は応じた。

但馬は大刀の下げ緒で襷《たすき》掛《が》けをすると、門人から木刀を渡された。

道場の真ん中で主税と対峙《たいじ》する。

向かい合ってみると主税は但馬より頭一つ程も背が高い。大石主税も五尺七寸の長身だったそうだが、負けず劣らず長身である。

それはともかく、主税は長身を利した大技を得意としているのではないか。おそらくは大上段に振りかぶるだろう、と但馬は正眼に構え、主税の攻撃に備えた。

が、主税は木刀を下段に構え大きく腰を落とし、但馬を見上げる姿勢となった。

予想外の構えは東軍流独特のものだろうか。

一瞬の戸惑《とまど》いの後、但馬は左足を一歩引いて主税の動きを見定めようとする。

やおら、主税は腰を落としたまますり足で間合いを詰め、木刀で但馬の脛《すね》を払った。但馬は素早く後ずさってかろうじて避ける。

主税は動ぜず、脛払いを繰り返した。

たまらず但馬は大きく後退し、主税との間合いを取った。

主税は但馬に追いすがり、今度は下段から木刀を突き上げてきた。突き上げも執拗で但馬の肩辺りに狙《ねら》いを定めて、何度も繰り返す。

東軍流は戦国の世に生まれた流派、戦場での実戦を想定しているのだ。甲冑《かっちゅう》を身に着けた敵への斬撃は動きを封じたり、鎧《よろい》の隙間を狙うものなのだ。

ようし。

主税が実戦を想定しているのなら、こっちも形振《なりふ》りなど構う必要はない。

腹を括り、但馬は手合わせの場から大きく離れた。主税の目が獲物を追う獣の目となった。

次の刹那《せつな》、どちらからともなく、駆け寄る。

間近に迫ったところで主税は上半身を伸ばし、下段から木刀を斬り上げた。

咄嗟《とっさ》に但馬は右手だけで木刀を持つと、主税の木刀を叩いた。

木刀と木刀がぶつかり合い、但馬の右手首に鋭い痛みが走った。

それに構わず木刀の切っ先を主税の喉笛に突き付ける。

主税の動きが止まった。

だが、主税のすさまじい斬撃で但馬の右手は痺《しび》れており、木刀を落としてしまった。

「お見事、拙者の負けです」

主税は一礼した。

「いや、わしの方こそ遅れを取った。戦場で剣を失えば命を失う」

但馬は痺れた右手をぶらぶらと振ってみせた。

主税の腕は確かだった。

そのことを確かめられたことに満足し、但馬は道場を出た。門人志願者が集まるのもよくわかる。読売や世間が囃し立てる「今主税」という評判が、門人を集めているわけではない。

武芸熱心で一本気の気質のようだ。

血気盛んな若侍、しかも剣の腕が立つ。剣術と兵学指南に打ち込んでいるならよいが、楽翁こと松平定信が危惧するように、周囲からちやほやされて妙な気を起こさなければよいが……

道場と指南所の周囲をうろつく読売屋の存在が気にかかった。

五

その日の夕暮れ、お紺は枯尾花にやって来た。

すると、

「お紺ではないか」

と、緒方小次郎が声をかけてきた。

「おや、緒方の旦那……」

お紺は目を見開き、口を半開きにした。

「どうしたのだ」

小次郎も意外な顔つきで問い返してきた。

「あたしは、このお店の常連なんですよ」

「常連……この店のか」

小次郎は不思議そうな顔で灯りの灯《とも》った枯尾花の箱行灯を見た。

「親父さんがいい人なんですよ」

「亭主がか……」

小次郎が言い淀んだところで、

「元大沼家城代家老、倉石内蔵助さまですね」

お紺が言うと、

「存じておったのか」

小次郎は目をしばたたいた。

「旦那は御家老倉石さまに用事があるのですか」

「そうだ」

と、認めてから、わたしは倉石殿を見張るよう、御奉行所から命じられたのだ、と小声で言い添えた。

「見張る、って」

抗議を込めた表情でお紺は問いかけた。

「大沼家旧臣たちが仇討ちに動いている、という噂があるからだ」

小次郎は答えてから、馬鹿馬鹿しいがと嘆いた。

「読売は面白おかしく書いていますけど、そんな風には見えませんよ」

「わたしもそう思うし、奉行所でも本気にしておる者はおらぬ。よって、定町廻りを外されたわたしが見張り役を命じられたのだ。だがやはり、大沼家旧臣で過激な考えの者が盛んに出入りをしているようではある……それにしても、お紺も出入りしておったとは。これまで見かけなかったぞ」

小次郎は首を捻った。

「見張ってからどれくらいになりますか」

「二日だが……」

「いくらあたしがお酒好きでも毎日は通ってきませんよ」

お紺は苦笑した。

「それもそうだな。すまなかった」

小次郎は軽く頭を下げてから、過激な考えの二人を知っておるか、と問いかけた。

「武井っていう人と権藤っていう人じゃないのですかね」

お紺は答えた。

「そうだ。やはり、両名はここに来ておるのか」

小次郎は箱行灯を見返した。

「ええ、倉石さまは相手になさっておられませんが……」

お紺は言った。

小次郎は考える風であったが、

「お紺、すまぬが、引き続きこの店に通って、様子を探ってくれぬか」

と頼み、

「わかりました。どのみち、気に入って通っていますんでね」

快くお紺は引き受けた。

「どうも、今回の騒動は読売屋が、野次馬どもはもちろん大沼家の浪人をも煽り立てておるようだ。武井と権藤が読売に踊らされて暴発せねばよいが」

冷静な小次郎らしい危惧だ。

「その辺のこと、よく見ておきますね」

お紺は小次郎の意を汲《く》んで言った。

それから、

「緒方の旦那も顔を出されたらどうです。もっとも、八丁堀同心の形では目立って仕方がありませんが」

「そうだな」

生真面目な小次郎らしく大真面目に、考えてみよう、と言い出した。


お紺は枯尾花で一人飲んでいた。性懲りもなく、酒癖の悪い左官の音吉と寛太が今日もいる。二人は今のところ大人しく飲んでいる。

店内には、お紺の他には二人がいるだけだ。

そこへ、武井と権藤が入って来た。二人は無言で茶碗に酒を注ぎ、各々小皿を取った。倉石には黙礼したのみで、今日は言い寄ったりはしない。

倉石は無言であるが、横目で二人を見る顔つきはいかにも迷惑そうだ。

武井と権藤は黙々と飲んでいた。すると、左官の音吉と寛太が、二人に絡み出した。武井と権藤は無視している。

するとと、音吉が、

「お侍、あんたたち、大沼さまの家来だったんだろう」

と、酔った口調で声をかけた。

権藤が、

「うるさい」

と、右手をひらひらと振り、あっちへ行け、と追い払おうとした。

今度は、

「こんなところで飲んでいていいのかい」

寛太が酔っ払い特有のねちっこい口調で語りかけた。

「なにを！」

武井がいきり立った。

それを権藤が諌める。

「わしらはな、見ての通り浪人だ。浪人が何処で何をしておろうと、とやかく言われる筋合いはない」

権藤が言い返すと、

「そんな言い訳を並べてよお。それじゃあ、草葉の陰のお殿さまが気の毒じゃねえのかい」

酒の勢いで音吉は強気になっているようだ。

「お主、無礼だぞ」

権藤は音吉をねめつけた。

「ああ、無礼だよ」

音吉は挑発するように顔を突き出した。

その横で、

「ふん、情けねえな」

寛太が茶化した。

「なんだと」

武井が尖った目をして立ち上がる。

「赤穂浪士を見習えって言ってるんだよ。この腰抜けめ！」

音吉が怒鳴ると、

「腰の刀はなまくらかい。竹光なんじゃねえのか」

寛太も調子づいた。

「おのれ」

武井は憤怒《ふんぬ》の形相となった。権藤が袖を引いて止める。

「やっぱりそうなんだな。竹光なんだよ。この竹光侍め」

寛太が両手を打ち鳴らすと、音吉も侮蔑《ぶべつ》の言葉を投げかけた。

ここでやおら倉石が立ち上がった。

音吉と寛太は横目で倉石の姿を捉え口をつぐんだ。武井と権藤も押し黙る。音吉と寛太はすごすごと自分たちが飲んでいた縁台に戻った。

武井と権藤はばつが悪そうに黙々と酒を飲んだ後、

「帰るか」

武井が呟くと権藤はうなずいて腰を上げようとした。すると、戸口からきびきびとした動きの若侍が入って来た。羽織、袴で威儀を正し、月代もきれいに剃り上げている。

「おお、主税殿、よくぞおいでくだされた」

権藤が声をかける。武井も立ち上がって一礼した。倉石の息子、主税である。

主税は黙って茶碗に酒を注いだ。

倉石は黙っている。主税も倉石と言葉を交わすことなく、武井と権藤の席に加わった。

「お主らも飲め」

主税は武井と権藤に銭を差し出した。二人は拝むようにして受け取り、酒のお代わりをした。主税は若いながらも、上に立つ者の風格を漂わせていた。

女の一人客が気になったのか、主税はお紺に一瞥をくれた。

お紺は黙って立つと、店を出た。

立ち去らず、寒風にさらされながら窓に身を寄せて店内を窺う。

いつしか音吉と寛太は酔い潰《つぶ》れ、縁台の上で鼾《いびき》をかいていた。

店内を見回し、主税は武井と権藤に語りかけた。

「二人とも、苛立っておるのではないか」

「煮え切りませぬな、御家老は」

倉石の耳に届かぬよう小声ながら、武井が不満そうに返し、

「主税さまから、お願いして頂けませぬか」

権藤は頼み込んだ。

「逸《はや》るな……」

主税は腕を組んだ。

「我ら、このままでは腰抜けの汚名を着せられ、世間から糾弾されますぞ」

武井が言った。

権藤が続ける。

「ここは、決断の時です」

対して主税は、

「読売に踊らされて何とする。馬鹿を見るだけではないか」

二人を落ち着かせようと宥《なだ》める口調で説き伏せにかかった。

「それは、そうですが。このままでは生き恥を晒すようなものです」

武井は唇を嚙んだ。

「主税さま、よもや殿への忠義心、捨ててしまわれたのですか」

権藤が主税に迫る。

「ならば訊くが、具体的にどうするのだ。四十七士でも結成するのか」

冷笑を浮かべ主税は問い返した。

「はい」

力強く権藤が答えると、

「同志は結集致しますぞ、主税さま」

武井は主税の顔を見据えた。

「まこと、同志は集まるのか」

主税は疑わし気だ。

「今夜にも集まります」

武井が告げると、

「ほう、そうか」

主税は思案げに顎を掻いた。

「その場には主税さまも、是非とも臨席をお願いします」

権藤が頭を下げた。

「父上はどうする」

主税は倉石に視線を向けた。

「御家老には最後に署名、血判を頂きます」

武井が懐中から巻物を二つ、取り出した。

権藤が説明を加える。

「今夜集まった同志から署名、血判をもらいます。書き損じに備え、二つ用意しました」

六

「何処に集まる」

現実的な計画に強い関心を抱いたようで、主税の目つきが変わった。

「この近くの閻魔堂《えんまどう》です」

権藤が答えると、

「閻魔大王の前で主君の仇討ちの誓いを立てる、か」

感慨深そうに主税は言った。

「四十七名とはいきませんでしたが、十名程はすでに集まっております。今宵、主税さまと集まった者たちの署名、血判がなれば、それを持って他の旧臣たちを回ります。さすれば同志が増えるのは必定でござる」

武井は力強く請け合った。

「よし、早速参ろう」

主税は武井と権藤を誘い立ち上がる。二人は喜びの顔で応じると、各々が巻物を懐《ふところ》に収めた。

程なくして、三人は戸口から出た。

お紺は三人に近づくや、よろめきながら武井にぶつかった。

「女、無礼だぞ」

武井はいきり立ったが、

「店におった女だ。酔っておるのだろう。許してやれ」

主税が間に入り鷹揚《おうよう》に言った。権藤も、「大事の前だぞ」と諌める。武井は矛を収め、閻魔堂へと主税を案内して行った。

木枯らしに吹かれながら、お紺は袖の中に手を入れた。すり取った巻物が入っている。

音吉と寛太が店から出て来て、千鳥足で帰っていく。

倉石が箱行灯の灯りを消しに現れた。

灯りに影が揺れ、倉石はお紺に気づいた。

「倅と二人のやり取り、聞いておったのだな」

倉石は言った。

「ええ」

遠慮がちにお紺は認めた。倉石を欺く気にはなれない。

「武井と権藤は読売に踊らされ、とんだ絵空事を思い描いておる」

ため息交じりに倉石は嘆いた。

「仇討ちですね」

ずばり、お紺は確かめた。

「絵空事だ」

薄笑いを浮かべ、倉石はこの言葉を繰り返した。

「同志を集めているとか」

「馬鹿なことを」

「倉石さまは、加わらないのですか。いえ、加わるというより、みなさんを指揮なさらないのですか」

「大石内蔵助のようにか」

「そうです」

「冗談ではない」

倉石は強く頭を振った。

「主税さまはその気になられたのではありませぬか」

「馬鹿な奴だ。読売に踊らされるなと説教しておりながら、自分が踊らされておる。まったく、救いのない奴じゃ」

顔を歪ませ、倉石は自分の息子を罵《ののし》った。

「旧臣方、この近くの閻魔堂に集まっているそうですよ。倉石さまも顔を出さないことには……顔を出されて、みなさまをお止めにならなくては」

危惧の念を抱きながらお紺は言った。

お紺も倉石も寒さを感じないくらいに、やり取りには熱が籠っていた。

「今さらわしが言ったところで聞く耳を持つまい。旧臣を扇動しておる武井と権藤はわしに見切りをつけ、主税に乗り換えたようじゃ」

「仇討ちは愚かなことだとお考えなのは、御老中相手に討ち入ることなどできない、とお考えだからですか」

「それもあるが、それだけではない。そもそも、我らは殿を押し込めようとしていたのだ」

肩を落とし、倉石は言った。

その表情は苦渋に満ちていた。その話は、先程、小次郎が漏らしていた。大沼昌晃は神経を病んでいたという。気鬱となり、政《まつりごと》を担うこともままならない状態であったそうだ。

「そんな殿ゆえ、ゆっくりと静養なさるのがよいと考えた。元々、政には不向きなお方であったのだ」

しみじみと倉石は言い添えた。

「それゆえ、我らは異母弟の昌安さまを新たな藩主にお迎えしようと思ったのだ。ところが、それでかえって殿は気の病を悪くさせることになった」

計画は昌晃の知るところとなってしまったのだった。

「殿は自暴自棄になられた」

己を責めるように倉石は唇を噛んだ。

「では、茅野さまに刃傷に及んだのは……」

お紺の問いかけに、

「おそらくは、我らへの反発、昌安さまを藩主にしたくはないというお気持ち、そして、どうにでもなれという自暴自棄が重なってのことに違いない」

倉石は言った。

「それは、何とも無惨でございますね」

お紺は何と言ってよいのかわからない。

「よって、茅野さまに仇討ちに及ぶなど見当違いなことなのだ」

わかったか、というような目をして倉石は言った。

「よくわかりました。しかし、主税さまと先程のお二方は仇討ちをせんと、旧臣方を集めておられます」

「そこが、あいつらの浅はかなところじゃ。まったく、愚かにも程がある」

倉石は言った。

「やはり、倉石さまが乗り込まれて、説得に当たられてはいかがでしょうか」

お紺は勧めたが、

「それは……」

倉石は躊躇った。

「実際、御老中さまの御屋敷に討ち入るなど、死ににゆくようなものでしょう」

「だから、愚かなのだ」

「愚かに見えるかもしれませんが、主税さまはとても聡明なお方のようにお見受けしました。その主税さまが、無謀な企てに乗るなど、きっと、一時の気の迷いに違いありません」

「それは、そなたの買い被りと申すものじゃ。主税には軽率な一面がある。それと、一旗揚げたいという山っ気もあるのだ」

倉石は息子の気質を危ぶんだ。

主税は野心家であり、何か大きなことをやってやろうという野望を抱いているように、父の目には映るのだそうだ。

「困った奴だ」

倉石は嘆息した。

「しかし、だからと申しまして、無謀な仇討ちになど加担をなさるものでしょうか。それと、武井さまや権藤さまにしたところで、犬死《いぬじに》同然の仇討ちなぞ、計画なさるものでしょうか」

お紺は疑問を投げかけた。

「暮らしに困窮しておる。まさに、貧すれば鈍する。奴らは、このまま生き恥を晒すくらいなら、さっさと散った方がよいという考えをしておるのだ」

倉石の推察に、

「そのお気持ちはわからないではありませんが、だとしても、犬死は望まないのではないでしょうか」

お紺は疑念を差し挟んだ。

「そこがあいつらの愚かなところなのだ。これまでわしは何度も諫めたが、聞く耳を持ってくれぬ」

「旧臣方を集めたらすぐさま、茅野さまの御屋敷に向かうのでしょうか」

「いくら愚かでも、それはせぬ」

おそらくは登城、下城時を狙うだろうと、倉石は見通した。

「いずれにしましても、恐ろしい企てですわ」

「まったくのう、何とかしたいのだが」

倉石も危機感を募らせた。

「やはり乗り込まれたらいかがですか」

「そうじゃな」

考える風に倉石は首を捻った。

「躊躇っている場合ではありません」

お紺は強い口調で急き立てた。

倉石はまだ迷う風だ。

「何を躊躇っておられるのですか」

お紺はなおも問い詰める。

「わかったわかった。そう、責めるな」

倉石は当惑の色を見せた。

「申し訳ございません。考えてみましたら、余計なお世話でした。それに、差し出がましいことを申してしまいました」

お紺はぺこりと頭を下げた。

「なに、それはよいのだが……」

そこで倉石は言葉を止めた。

お紺は剣呑な気配を感じた。

「そなた」

倉石はお紺を見詰めた。

お紺は口を閉ざしたまま見詰め返す。

「そなた、ただの客ではあるまい」

「と、おっしゃいますと」

「隠密か」

倉石は呟くように問いかけた。

「いいえ」

お紺は首を左右に振った。

倉石は掘り下げるような素振りを見せたものの、

「まあ、よい」

そのまま店に入ろうとした。

「倉石さま、これからどうなさるのですか。このお店を営むのは本望なのですか」

お紺の問いかけに、

「わしは、最早、家老ではない。しかし、武士を捨てられないでいる。このような安酒場の亭主というのは仮の姿なのだと、心の片隅で思い続けておる。徹し切れない、みじめな男じゃ」

虚無感のようなものを漂わせ、倉石は言った。それが、倉石内蔵助の苦悩を表しているようでもあり、お紺に安易なことを言い出すのを躊躇わせた。

「いや、愚痴を聞かせてしまったな」

倉石は自嘲気味な笑みを浮かべた。

「無理もないことだと思います。ある日、突然の運命の変転ですものね。そうやすやすとは受け入れられないと思います」

お紺は労るように微笑みかけた。

「そなたも、苦労をしてきたのであろうな」

「あたしは、好き勝手にやっております」

「好き勝手か……」

「倉石さまも、御家を離れ自由の身となられたのです。自由気儘《きまま》を楽しまれてはいかがでしょうか」

「楽しむ、か……」

「楽しみがあれば、辛いことが続いても生きてゆけます」

「そなた、よいことを申すな。まさしくその通りであるぞ」

倉石は笑みを浮かべた。

お紺も笑みを返す。

「そなた、笑っておる方がよいぞ。笑顔が似合う」

「それは、倉石さまも同じでございます」

お紺が応えると倉石は声を上げて笑った。

「でも、お店では無理に笑顔で接客なさる必要はないと思います」

お紺の言葉に倉石は首を傾げる。

「これまでのように仏頂面でよいのか」

「それが、このお店には似合っております。常連のみなさんも、倉石さまが愛想よくなっては、戸惑われますわ。今のままがよろしいかと思います。左官のお二人なんか、倉石さまに何度摘まみ出されても、懲りずに通っていらっしゃるじゃありませんか」

「あいつらな……ろくに働きもせず、飲んだくれおって。左官の腕もひどいものじゃ」

二人が初めて来店した時、店の壁の漆喰《しっくい》を塗らせたそうだ。

まだ日が高い内にやって来たため、どぶろくと煮豆の用意が整っていなかった。整うまでということで、剝《は》がれた漆喰の修繕を頼んだのだった。

「ところが、下手《へた》も下手。ひどい出来で、結局、他の左官に頼み直した。あいつら、お代はいりません、などと詫びておったが」

それでも性懲りもなく客として通ってきているそうだ。

「二度目からは左官の道具を持たずに来おる。また塗らされるのが嫌なのだろう」

倉石は鼻で笑った。

お紺が両目を見開き、

「あの二人、左官じゃありませんよ……」

と言うと、倉石ははっとする。

「隠密はあいつらか……」

「おそらくは、倉石さまの動きを見張っていたのだと思います」

「しょうがない奴らめ。あいつらは隠密の腕もひどいな。誰に雇われておるのか知らぬけれど、わしの動きを見張ったはよいが、何の収穫もなし、じゃ」

倉石が二人をくさした途端、

「いいえ、今夜、大きな収穫を得ようとしています。倉石さま、お店で待っていてくださいますか」

と言い置き、お紺は枯尾花を後にした。

閻魔堂近くの天水桶《てんすいおけ》の陰にお紺は潜んだ。

冴え冴えとした寒月が辺りをほの白く照らし出している。境内の枯れすすきが夜風に揺れていた。

風を避け四半時《しはんとき》程蹲《うずくま》っていると、境内から長身とずんぐりむっくりの二つの人影が出て来た。

「しめしめ、ちょろいものだ」

音吉が言うと、

「うまくいったな」

寛太は巻物を手ににんまりした。

お紺は腰を上げ、二人に近づいた。二人はぎょっとした顔で立ち止まった。月明かりを受け、妖艶な唇が蠢き、下駄から覗く紅を差した足指が色香を漂わせた。

「なんだ、いつも枯尾花にいる姐ちゃんじゃないか」

寛太の顔がやに下がった。

「どうしたんだ、こんなところで」

音吉もにやけながらお紺に問いかけてきた。

「寒い夜だろう。兄さんたちと温まりたくなったんだよ。いけないかい」

鼻にかかった甘え声でお紺は返した。

音吉と寛太は顔を見合わせ、

「いやなはずはねえさ。なら、近くの出合茶屋でじっくり楽しもうか」

寛太はお紺を迎え入れるように両手を拡げた。

「ああ、寒い」

身をすくめつつ、お紺は寛太の胸の中にしなだれかかった。

「おいおい、当てつけるなよ」

悔しがる音吉に、

「焦るんじゃないぜ」

誇らしげな顔で寛太は諫めた。

風にそよぐ洗い髪が寛太の鼻先を撫《な》でた。甘い香りに寛太の目尻が下がる。

その瞬間、お紺は袖に入れてある巻物と寛太の懐中にある巻物とをすり替えた。

「じゃあ、こっちだよ」

お紺は寛太から身を離し、出合茶屋はあっちだと夜道を歩き出した。

「待てよ」

寛太が追いかけ、音吉も続いた。

が、お紺は待つことなく、つと闇に消えた。


三日後、お紺は枯尾花にやって来た。

まだ、日は中天にあるため、店内にいるのは倉石だけだ。

「このたびは、世話になった」

倉石は丁寧な所作で辞儀をした。

あれからお紺は、寛太からすり取った巻物を倉石に預けた。寛太と音吉は白紙の巻物を持ち帰ったことになる。いや、そこにお紺は、

「二度と来るな。幽霊の正体見たり、左官隠密」

と、矢立ての筆で書き記しておいた。

閻魔堂には武井と権藤が集めた大沼家旧臣が三人だけ集まっていた。思いの外の少人数だったがともかく署名、血判した。終えたところへ、音吉と寛太がやって来た。彼らは先程絡んだお詫びだと五合徳利を二つ持参した。その中には眠り薬が入れてあった。

署名、血判し気分が高揚していた主税たちは疑いもせずにそれを飲んだ。みな、寝入ってしまい、寛太と音吉はまんまと署名と血判入りの巻物を盗み取ったのだった。

「主税め、己が未熟を思い知ったようじゃ。武井と権藤も、公儀の目が光っておることにびびりおった」

以来、仇討ちを口にすることはなくなったそうだ。

「そなた、凄腕じゃな」

感心したように倉石は言い、何か礼がしたいと申し出た。

「お礼が欲しくて、働いたのではありません。自分の楽しみのためです」

お紺は微笑んだ。

「楽しみ……隠密行為が楽しみなのか」

「違いますよ。あたしは、ここで飲むのが楽しみなんです。倉石さまが仇討ち騒動に巻き込まれて、この店がなくなったら、あたしの楽しみが消えますもの」

「そうか、どうもありがとうな」

倉石も満面に笑みを浮かべた。

それからお紺に向き直り、

「急に愛想よくはなれぬが、今日から倉石さまと呼ぶのは勘弁してくれ」

と、大真面目な顔で頼んだ。

「では何と……」

「そうじゃのう……内蔵助だから、くらさんとでも」

「それなら、倉石内蔵助さまですから、くらくらさんの方が語呂がいいのでは」

お紺の提案に、

「くらくら……か。これはよいかもしれぬ。わしの作るどぶろくは悪酔いする、と評判だからな。くらくらする酒場じゃな」

声を上げ、倉石は笑った。

これまで背負っていたものを下ろすことができたようだった。

但馬は上州屋で楽翁とうどんを食べていた。寒さもひとしおとあって、前回と違って温かい汁のうどんである。そこに、鴨《かも》と下仁田葱が入っている。七味唐辛子をたっぷりと振りかけ、身体の芯《しん》まで温まった。

食べ終えたところで、

「但馬、倉石主税のこと、もう探らなくてよい」

楽翁が言った。

「ご期待に沿えませんでしたか」

但馬の危惧を否定して楽翁は続けた。

「大沼浪人ども、仇討ちには動かぬようじゃ」

「そういえば、読売も取り上げなくなりました。売れなくなったのでしょう。移り気な江戸者らしいと申せば、らしいのですが」

「茅野が申しおった。隠密を倉石内蔵助の店に入れた、と。その隠密は本来の探索の域を超え、仇討ちを未然に防ごうと過激な大沼浪人を炙《あぶ》り出そうとしたそうじゃ」

ところが、隠密は探索に失敗。茅野は、火のないところに煙を立てるな、と隠密を叱責《しっせき》したという。

「隠密どもが申しておったそうじゃ。倉石の下には凄腕の隠密がおる、と。何でも女だそうじゃぞ。大沼家はくノ一を雇っておったのかもな」

楽翁は箸で空に、「くノ一」と書いた。

「くノ一でございますか……その女隠密、御蔵入改にぜひ欲しいですな」

但馬は追加で燗酒を頼んだ。

第四話　しくじり同心

一

「緒方、頼むぞ！」

甲走った声が緒方小次郎の耳をつんざいた。

霜月《しもつき》（陰暦十一月）十日、小次郎は寒夜の深川《ふかがわ》で盗人《ぬすっと》を追いかけている。北町奉行所臨時廻り同心、加納与一郎《かのうよいちろう》と一緒であった。

定町廻りを外された小次郎が、近頃評判の盗人、抜け雀の弥之助《やのすけ》一味の追跡を行っているのは偶然のなりゆきであった。

話は一時《いっとき》前に遡《さかのぼ》る。

定町廻りを外されたものの、火事が危ぶまれる時節とあって小次郎は夜回りに駆り出された。割り当てられた持ち場の木戸番小屋に顔を出し、きちんと火の回りが行われているのかを監督する役目だ。

小次郎は深川の南、永代寺《えいたいじ》周辺を任された。町内ごとに設けられた木戸番小屋を覗き、異常がないか確かめてゆく。木戸番小屋には大抵は番太《ばんた》と呼ばれる年寄りが二人詰めている。一年を通じて木戸の開閉を行い、火事が起きた際には火の見櫓《やぐら》に上って半鐘を打つ。町内ごとに雇われているのだが、賃金は安く、暮らしを立ててゆくため、草履《ぞうり》や草鞋《わらじ》、鼻紙といった生活雑貨品、季節によって夏は金魚、冬は焼《や》き芋《いも》を売って副収入を得ていた。

冬場、火事が多い時節には火の用心を促して町内を回る。このため、木戸番小屋は火の番小屋とも通称されている。町内によっては、番太だけに任せるのではなく、何人かが交代で木戸番小屋に詰め、火の回りを行っている。

夜五つ（八時）近く、小次郎は永代寺の西、山本町《やまもとちょう》の木戸番小屋にやって来た。腰高障子に近づくと何やら賑やかである。火の回りのためにやって来た町内の者たちが打ち合わせでもしているのかと思いきや、

「こりゃ、美味いね」

「冬の夜は猪《いのしし》に限りますよ」

などというやり取りが耳に入ってきた。

「さては……」

火の回りを怠り、木戸番小屋で宴でも催しているのか。猪と聞こえたが、もしや鍋でも作り、酒を飲んでいるのではないか。猪鍋は冬の夜には何よりの御馳走である。

けしからぬ者どもだ、と腰高障子を蹴倒して乱入し、不逞《ふてい》の輩《やから》を懲らしめてやりたい衝動に小次郎は駆られたが、まずは落ち着けと自身を諫めた。頭ごなしに怒鳴ったところで、町人たちは萎縮《いしゅく》するばかりだ。大事なのは、きちんと火の回りをさせ、火事を防ぐことである。

小次郎はこほんと空咳《からぜき》をした。鼻と口から洩《も》れる息が白く流れ、消える。

腰高障子を叩き、

「御免」

と、声をかけた。

しかし、宴の声は高まるばかりで返事はない。小次郎はやむなく腰高障子を両手で動かそうとしたが、心張り棒が掛けられているらしく、びくともしない。身を切る風に吹きさらされる中、無視された気分で腹が立ってきた。

「御免！　番の者はおらぬか！」

大きな声を出し、乱暴に腰高障子を叩く。

すると、賑やかな声が静まった。一瞬の静寂の後、ひそひそ声と衣擦《きぬず》れの音が聞こえる。

「番の者はおらぬか」

今度は平生《へいぜい》の声音で問いかけた。

「ただ今～」

ようやく、やや甲高い声が返された。

おそらく、町奉行所同心の夜回りだと気づき、慌てて宴で供されていたであろう猪鍋や酒を隠しているに違いない。

それにしても、八丁堀同心が木戸番小屋を見回るのは承知のはずだ。わかっていながら猪鍋で盛り上がっていたとは、よほど度胸があるのか馬鹿な連中なのか、小次郎は腹立ちよりむしろ好奇心が湧き上がってきた。

やがて、腰高障子に人影が映った。

おや……

髷は町人ではない、武家風の髷だと思ったところで心張り棒が外され、腰高障子が開かれた。

「加納さん……」

北町奉行所臨時廻り同心、加納与一郎が立っている。臨時廻りを務めるだけあって、加納は練達の同心である。歳は五十路《いそじ》に入ったが髪は黒く、肌艶もよい。頰骨の張った武張った顔つきでやくざ者や無頼の徒にも睨みが利く。容貌倒れではない証拠に、加納は深川にある直心影流《じきしんかげりゅう》前田左門《まえださもん》道場の師範代を任されていた。

そのため、髷を八丁堀同心特有の小銀杏には結っていない。門人の武士たちから八丁堀同心だと蔑《さげす》まれないように、だそうだ。もっとも、門人たちは師範代の加納が北町奉行所の同心であることは知っている。それでも、道場で稽古をする際、八丁堀同心だと意識させたくないのだろう。

「緒方、ご苦労であるな。まあ、入れ」

加納は小次郎を招き入れながら、

「火を盛んにしろ」

と、中に声をかけた。

小上がりには囲炉裏《いろり》が切られ、周りに四人の男が座っている。みな山本町の町人たちだと加納は言った。小次郎が視線を向けると揃って頭を下げた。

加納と共に小次郎も囲炉裏端に座った。燃え上がる薪《まき》を見ると強張った心が和み、かじかんだ手が温まった。未《いま》だ、小屋の中には猪鍋の味噌の匂いが残っている。小次郎が鼻をくんくんとさせているところに、町人の一人が茶を持って来た。

「飲め、身体が温まるぞ」

と、加納は勧めたが、小次郎は手をつけないでいた。

すると、

「気づいたと思うが、ちょっとした宴を催しておった」

先回りして加納が打ち明けた。町人たちは神妙な顔で目を伏せている。

「加納さんはそれを黙認なさったのですか」

年長、練達の同心に、小次郎は咎めるような問いかけをした。

加納は穏やかな顔で小次郎を見返し、

「黙認どころかご相伴に与っておった。猪は滋養がつくからな」

悪びれもせずに白状した。

定町廻りを外された小次郎をみくびっているのか、こそこそと隠し立てをしない人柄なのか、八丁堀同心としての加納与一郎の自負のようにも感じられる。

それでも、

「ならば、隠さなくてもよいではありませぬか」

小次郎は、姑息《こそく》ではないかと多少の非難の色を滲ませながら言い返した。

「そうじゃな……」

素直に認めつつ加納は頭を掻いた。

すると、町人の内、最も年配の男がおずおずと口を挟んだ。

「加納の旦那は悪くないんです。あんまり寒いんで猪鍋も酒もわしらが勝手に手配したんです。旦那には、身も心も温まったところで火の回りに出かけるってことで、許して頂いたんですよ」

加納は町人たちに慕われているようだ。

だからといって、木戸番小屋で酒盛りをしていいわけがないし、何より火の回りをしていなければならない刻限である。納得のゆかない小次郎の心中を察したのか、加納は続けた。

「火の回りなら、今もきっちり行っておる。町内から毎晩、六人が火の回りの任に当たっておるのだが、三人ずつ二組に分けておる。各々番太に連れられ、四人一組で火の回りをしておるのだ」

先の組、後の組というように交代で火の回りを行っているという。今は先の組の番ということである。

「毎晩、火の回りに備えて飲み食いをしておるのか」

と、四人を責める問いかけをしたものの、何だか姑《しゅうとめ》の嫁虐《よめいじ》めのような気がして、小次郎は罪悪感を覚えた。

年配の男が違いますと否定し、

「今夜は、偶々猪肉が差し入れられたのです」

と、加納を見た。

「読売屋の万寿屋常三郎《まんじゅやつねさぶろう》が差し入れを持ってまいったのだ」

加納が言った。

万寿屋常三郎は敏腕の読売屋として知られている。様々な醜聞、事件をネタとした読売を売って大いに評判を得てきた。近頃では、上野国榛名藩改易に伴って大沼浪人を赤穂浪士に擬した読売が江戸市中の話題をさらい、関連した草双紙、錦絵でも常三郎は大いに儲《もう》けたと噂されている。

「常三郎さん、親切にも猪の肉や味噌、お酒ばかりか、猪鍋をこさえる土鍋まで持って来てくださったんですよ」

ここまで語った年長の男は、永代寺門前町の骨董屋大黒屋《こっとうやだいこくや》の主《あるじ》、藤兵衛《とうべえ》だと名乗った。

「そこまで親切にするとは、常三郎、きっと何か下心があるのではないか」

読売に格好のネタを得ようというのだろう。

「夜明けまで手前の店にいさせて欲しい、と常三郎さんはおっしゃいました」

藤兵衛によれば、常三郎は大黒屋で夜を過ごしたいのだという。

「ほう、どうしてだ」

小次郎は興味を覚えた。

「抜け雀の弥之助をご存じでしょう」

藤兵衛に問われ、

「骨董品ばかりを盗む盗人一味の頭《かしら》だな。読売が書き立てておる」

小次郎が答えると、加納が続けた。

「抜け雀の弥之助は元絵師という変わり種の盗人だ。自分が描いた抜け雀の塔の絵を所持する屋敷へ盗みに入る。大黒屋にも抜け雀の塔の絵があるそうだ」

加納の言葉に藤兵衛はうなずいた。

「抜け雀の塔、とは……」

問いかけてから小次郎は、恥じ入るように、骨董には不案内ゆえ、と言い添えた。

「弥之助が得意としていた絵なのです。朱塗りの三重の塔の屋根や欄干に雀が何羽か留まっております。その雀、大変に生き生きとしておりまして、絵から抜け出して飛び回ったのを見た、と言う者もおるそうです」

骨董屋の間でも珍重されているそうだ。弥之助はこの絵を五枚描き、持ち主からすでに四枚を奪っている。武家屋敷から二枚、大店から一枚、寺から一枚……

残りの一枚を大黒屋が持っているのだ。

「常三郎は、大黒屋に残る絵を弥之助が盗みに入る、と目をつけたのだ。常三郎は名うての読売屋。野次馬連中が好みそうな記事を書き立てる。書くに当たってはいい加減な想像ばかりではなく、自身でまめに調べておるようだ。今夜も、常三郎なりの調べに加え読売屋の勘が働いたのかもしれぬな」

思案を巡らすように加納は顎を掻いた。

「もし、常三郎の調べと勘が当たって……抜け雀の弥之助一味が大黒屋に押し入ったとしましたら、どう致しますか」

そう都合よく弥之助一味が大黒屋へ盗みに入ることはあるまい、と思いつつも、もしかして、と小次郎は半信半疑になっている。もしかして、と思うのは、抜け雀の弥之助一味を捕縛したい、という八丁堀同心なら誰もが持つ功名心からの期待であることを、小次郎はよくわかっている。

定町廻りを外された自分が、評判の盗人一味をお縄にする機会などないため、弥之助一味への関心はさほど抱いてこなかった。ただ、書画、骨董に狙いを定めている珍しい盗人一味という評判は耳に入っている。随分変わった盗人だと思ったものだ。

書画、骨董は、名品であれば莫大な利を生み得るが、売り捌《さば》かなければ金にはならない。売り捌くには買い手を見つける必要がある。弥之助には売り捌く道筋があるのだろう。

それと、書画、骨董には目利きが欠かせない。それに、名品ならば鑑定書である折紙が付けられるが、盗んだ時に折紙が一緒とは限らない。武家屋敷、寺、大店の土蔵に収められているからといって、逸品ばかりとは限らない。更に勘繰れば贋物《にせもの》かもしれないのだ。盗み出したはいいが、我楽多《がらくた》であったとしたら、くたびれ損である。

それらを勘案してみると、弥之助は書画、骨董の目利きもできるのだろう。

そもそも、腕のいい絵師が盗人に身を落としたことも解せない。自分が描いた絵を取り戻したいのなら、正々堂々と買い取りの交渉をするか、新たに抜け雀の塔を描けばいいではないか。

そんな疑念が小次郎の頭に押し寄せてくる。もっともそれらの疑問は、弥之助を捕縛したら解消するだろう。

弥之助一味が大黒屋に現れたら、常三郎から報せがあるそうだ。

「笛を吹く、と常三郎は申しておる」

加納は言った。

「一味は何人くらいおりましょう」

小次郎の問いに、

「常三郎によると、弥之助には十人以上の手下がいるのではないかとのことだ。必ずしも全ての手下を引きつれて盗みに入るのではないようだがな。今夜、弥之助が大黒屋に押し入るなら、我らで捕縛することになろう」

今からでは奉行所に捕物出役《しゅつやく》の依頼はできないし、弥之助一味が盗みに入る確かな証《あかし》があるわけでもない。よって、奉行所の手助けは期待できない、と加納は言った。もっともな理屈だ。

「緒方、おまえが来てくれて助かったぞ。弥之助一味を捕まえようという事態になったら、わし一人では心もとないからな」

加納は大黒屋藤兵衛を見た。相槌《あいづち》を打てば加納の能力を見下すことになりかねないとの配慮からか、藤兵衛は曖昧な笑みを浮かべるに留《とど》めている。

「そういえば、加納さんはどうしてこの木戸番小屋にいらしたのですか」

ここは、小次郎が割り当てられた木戸番小屋である。加納が立ち寄ったのは、この小屋で火の回りをする町人たちと親しいからであろうか。

「……おまえこそ、どうしてここに顔を出したのだ。正直申すと、おまえが来るなぞとは思ってもおらなんだゆえ、猪鍋を食べておったのだぞ」

加納は首を傾げた。

「どうしてと申されましても……ここはわたしの持ち場ですが……」

今度は小次郎が首を捻った。

「いや、ここはわしの担当……山本町だぞ」

訝し気に加納は反論した。

「わたしも山本町を割り当てられましたのですが」

小次郎が返すと、

「あの～」

藤兵衛が間に入った。

小次郎と加納は揃って藤兵衛に視線を向ける。

「山本町にはもう一つ、木戸番小屋がございます」

藤兵衛が答えると、

「ああっ、そうだった」

即座に加納は声を張り上げた。

小次郎も知っている。

この番小屋は十五間川《じゅうごけんがわ》から分かれた堀に架かる小橋《こばし》の袂《たもと》にあった。もう一軒の木戸番小屋は十五間川に向かって一町程歩いた亥《い》ノ口《くち》橋の袂にある。

「ああ、すまぬ、わしがしくじった。わしは亥ノ口橋の木戸番小屋が持ち場であった。山本町と聞いたもので、てっきりこっちだとばかり」

加納は自分の間違いに気づき、小次郎に詫びた。小次郎もそんなことで目くじらを立てるつもりはない。

「ならば、わしは亥ノ口橋の方へ参る。常三郎の笛が聞こえたら、緒方、共に追うぞ」

それだけ言うと緒方は腰を上げた。

脇に置いた大刀を腰に差したところで、

「せっかくだ。猪鍋を食せ。みなも今一度温まれ」

加納は気遣いの言葉を投げてから土間に下り立った。

そこへ、笛の音が聞こえた。

みなの顔が緊張に引き締まった。加納は土間に立ち耳をすませる。

甲高い音色は、すぐに途切れたかと思ったら再び鳴り、また途切れ、更に鳴った。

「間違いない。常三郎の合図だ」

按摩《あんま》の笛と聞き分けるため、加納がそのように吹けと常三郎に指示しておいたそうだ。瓢箪から駒とはこのこと。

全く予期していなかった大物盗人の捕縛に立ち会える。全身の血潮が熱くなり、小次郎は武者震いした。

加納は黒紋付を脱ぎ小上がりに置いた。すかさず、藤兵衛が丁寧に折り畳む。小次郎も黒紋付を脱ぎ、大刀の下げ緒で襷掛けをする。加納も襷掛けとなり、小袖の裾をはしょり帯に手挟《たばさ》む。小次郎も同様の支度を整え、二人は木戸番小屋を飛び出した。

背後で藤兵衛が、切り火の代わりに拍子木を打ち鳴らし、

「ご武運を！」

と、声をかけてくれた。

盗人捕縛の可否が武運なのか小次郎は訝しんだが、そんな思案は、外に出た途端に吹っ飛んだ。

突き刺すような寒風に襲われ、立ち眩《くら》みがしたのだ。そんな小次郎を嘲《あざけ》るように冴え冴えとした寒月が夜空に居座っている。

「よし、行くぞ」

己に気合いを入れるように加納は拳を握り締め、脱兎《だっと》の勢いで駆け出した。小次郎も負

けじと後を追う。

加納は大黒屋の所在を知っているようで、迷わず永代寺の門前町に向かって走り行く。

「火の用心、さっしゃりましょ〜う！」

火の回りの声が聞こえ、それに犬の遠吠《とおぼ》えが重なった。

小次郎と加納は一陣の風のように深川の町を走り抜け、永代寺の門前町に至った。大黒屋は表通りに面して店を構えている。

その時、月光にほの白く照らされた店の屋根を伝っていた二人の男が往来に飛び下りた。二人ともひょっとこの面を被り、黒装束に身を包んでいる。二人は小次郎と加納に気づいて立ちすくんだ。一人が懐に呑《の》んだ匕首《あいくち》を抜く。

「神妙にせよ！」

加納はやにわに十手ではなく大刀を抜くや、匕首を向けてきた敵を袈裟《けさ》懸《が》けに斬って捨てた。残る一人は脱兎の勢いで走り出す。

すかさず、加納は大刀を男の肩口に斬り下ろした。男は刀尖《きっさき》がかすった肩を庇《かば》いながらも逃走した。

「緒方、頼むぞ！」

加納に言われ、小次郎は男を追いかけた。

加納が斬った男が弥之助なのか、小次郎が追いかけている者が弥之助なのかはわからない。たとえ、弥之助でなくとも捕まえなければならない。

「火の用心、さっしゃりましょう」

またもや、火の回りの声が寒夜に響き渡る。

男は木場《きば》に向かって夜道を駆ける。

小次郎は間合いを詰めようと必死で速度を上げた。息が上がりそうだが、そんなことは言っていられない。寒さを感じないどころか額には汗が滲んだ。

やがて、男の前方に鳥居が見えてきた。さほど広くはない稲荷である。

男は迷わず鳥居を潜った。

小次郎も境内に足を踏み入れた。石段を踏みしめ、盗人を追う。夜の帳《とばり》が下りた境内は上弦の月と星影に照らされ、無人の静けさを際立たせていた。

盗人は境内を奥に進み、拝殿の横を通り抜ける。見失うまいと、小次郎は目を凝らす。

鼻と口から洩れる白い息が流れ、消えてゆく。

そのとき、盗人の背中が見えた。

その先には本殿があり、盗人は本殿の裏手に消えた。

小次郎がその場に至ると、寺の裏口であった。

小次郎は境内から飛び出した。途端に火の回りの者たちと鉢合わせてしまった。彼らは突如として姿を現した八丁堀同心の姿に驚きの声を上げ、拍子木が奇妙な音を立てた。

「驚かせてすまぬな。今、神社から男が飛び出して来たであろう」

小次郎は問いかけた。

彼らは互いの顔を見合わせながら、

「いいえ」

拍子木を打っていた男が、見ませんでした、と答えた。

「そんなはずはあるまい」

小次郎は他の者たちに視線を向けた。

男たちも、見なかった、と口々に証言する。

「落ち着いて、思い出してくれ。目の端を横切った者はいなかったか」

尚も小次郎は尋ねたが、みな、心当たりがない、怪しい者など見ていないと答えるばかりである。

押し問答をしていても時が過ぎゆくばかりだ。盗人は加納の浴びせた肩への一太刀で手傷を負っている。逃げおおせるとは思えない。

「わかった、すまなかったな」

小次郎は夜道を駆け出した。

しかし、盗人の姿はとうに、闇に消えていた。

「おのれ」

小次郎は夜空を見上げ、唇を嚙んだ。


加納が斬ったのは弥之助ではなかった。ということは、小次郎が取り逃がした盗人が弥之助である。

弥之助を取り逃がしたのは、小次郎の落ち度とされ、小次郎は奉行所内で冷たい眼差《まなざ》しに晒され続けた。

汚名返上だと夜回りを申し出たが、役立たずには荷が重かろうと蔑まれた上、無期限の出仕停止処分を下されてしまった。

八丁堀の組屋敷の居間で、

「いかぬ」

小次郎は嘆いた。

「いかがされたのですか」

一人娘の晴香《はるか》が問いかけてきた。晴香は六歳、円《つぶ》らな瞳が愛《いと》おしい。三毛猫のまるを膝に抱き、

「父上、御奉行所に行かれなくてよろしいのですか」

晴香に悪気はなく素直な疑問を投げかけているだけだ。それだけに、責められるよりも小次郎の胸には応えた。

答えられずにいると、

「お父上は懸命にお役目に尽くされましたから、特別にお休みを頂いているのですよ」

小次郎に代わって母の志乃《しの》が言った。

晴香は満面の笑みで小次郎に訴えかけた。

「では、遊んでくださるのですね。手習いを教えてくださるのですね」

「そうだとも。どうする、歌留多《カルタ》でもやるか、それともお習字をするか」

波立った気持ちが娘の笑顔で癒《いや》された。

う〜ん、と小首を傾げ思案した後、

「お習字です」

と、晴香は朗らかに答えた。

妻、和代《かずよ》が死んで三年が経つ。晴香に母親の記憶はほとんどない。それでも朝夕、欠かさずに晴香は仏壇に据えられた和代の位牌に手を合わせる。時に母親に語りかけてもいた。

和代は悲劇的な死を遂げた。

墓参の帰途、何者かに斬殺されたのだ。今もって下手人は見つかっていない。これでは和代も成仏できまいと、小次郎の胸は申し訳なさで一杯だ。

晴香に急かされ、小次郎は文机《ふづくえ》に向かった。

二

小次郎が抜け雀の弥之助捕縛にしくじって三日後、但馬は夕凪の二階に依頼客を迎えた。

やって来たのは、深川の読売屋万寿屋の主人で常三郎という男だった。読売屋らしく、手拭を吉原被りにし、縞柄の着物を尻はしょりにして真っ赤な股引を穿いている。歳の頃は三十路半ば、ぎょろ目で眉が太く、いかにも押しが強そうだ。

「荻生さま、今日はよろしくお願い致します」

常三郎はぺこりと頭を下げた。

但馬はうなずくと、依頼内容を語るよう促した。常三郎は両手をこすり合わせ上目遣いに言った。

「いやあ、荻生さまのお噂は色々とお伺いしております」

本題に入る前に、常三郎はそう言った。

すぐに用件に入れと言うのも無粋であるし、読売屋の間で御蔵入改がどんな評判を立てられているのか多少は気にかかる。

「どんな噂だ」

「色々ですがね……」

思わせぶりに返し、常三郎は語り始めた。

「御蔵入改方はともかく、荻生さまのご評判は様々なんですが、大雑把に言えば剃刀《かみそり》のように切れる凄腕の持ち主……手前もその評判をあてにしましてお願いに上がった次第なんです」

歯の浮くような世辞を少しのてらいもなく常三郎は言い立てた。それには応えず、但馬は用件を話すよう促した。

「つい、先だってのことでございました」

常三郎は芝居がかった様子で遠い目をした。

常三郎は書庫で本の整理をしていたという。莫大な書籍を整理するのは、なかなか面倒な作業である。思い立った時にやらなければ、煩雑になる一方だ。

「今日のように冷え冷えとした日でございました」

常三郎は小僧たちを使い、整理を終えた書庫をきれいに掃除していた。

「その時、さるお武家さまが、急用があると、訪ねていらしたのです」

その武家は書画、骨董の目利きをして欲しいと頼んできた。

「そなた、目利きができるのか」

思わず、但馬は話の腰を折った。

読売屋と書画、骨董の目利きの取り合わせが意外である。加えて、眼前の常三郎は軽《けい》佻《ちょう》浮薄に見え、書画、骨董といった深遠の世界とは不釣り合いだからだ。

但馬の疑問を受け、

「自分で申しますのも何でございますが、書画、骨董の目利きにはいささか自信があるのです。と、申しますのも、実はあたくしは骨董屋の倅でございましてね、幼い頃から骨董品を見て育ち、親父について目利きも学んだのでございます」

常三郎は自分の半生を語り出した。

それによると、常三郎は深川富岡八幡宮《とみおかはちまんぐう》近くにあった老舗の骨董屋布袋屋《ほていや》の息子だった。

布袋屋は大名や旗本の屋敷にも出入りし、好事家《こうずか》の分限者の求めに応じ、高価な書画、骨董を商っていた。木場に近いこともあって、木場の旦那衆にも贔屓にされていたそうだ。

「ところが、五年前のこと。店が火事になったのです。もちろん、大事な骨董品は土蔵に仕舞ってあったのですが、鼠穴《ねずみあな》から火が入り、全部ではありませんが貴重な品々が焼けてしまいました」

漆喰の壁には鼠がかじった穴が空く。穴には土や味噌を詰めて火災の際に火が入らないように防火処理を施すのだが、偶々、そのときに限っていくつかの鼠穴が空いたままになっていたのだ。

焼失した骨董品のいくつかは売先が決まっていて、代金が支払われているものもあり、常三郎の父は店を売って弁償した。

その後、父親は首を括って死んだ。

常三郎は布袋屋を再興させようと、目利きの才を磨き、様々な商家、武家屋敷を回った。それらの蔵に眠っているお宝を掘り出し、高値で売って持ち主から礼金を貰い、再興資金を貯めていった。

しかし、その内、武家屋敷、商家で交わされる様々なやり取り、繰り広げられる醜聞を耳にし、そちらを記事にする方が面白い、と思うようになった。

そんな折、父親が贔屓にし、出資もしていた読売屋万寿屋に跡取りがなく、店を閉めると耳にした。常三郎は万寿屋を受け継ぎ、読売屋に鞍替《くらが》えしたのだった。

読売屋となってからも、常三郎が布袋屋の倅であり、目利きは一流という評判は残っており、折に触れ分限者から書画、骨董の目利きを頼まれるのだとか。

「時には、目利きの目利きもやらせてもらうんですよ」

「目利きの目利き……」

首を傾げる但馬に、常三郎は誇らしそうに説明を加えた。

骨董屋の目利きを受けた買値が妥当なのか、法外な儲けを出していないのかを確かめるため、常三郎は目利きの目利きを頼まれることがあるそうだ。

「なるほど、そなたが読売屋にもかかわらず、書画、骨董の目利きを頼まれる事情はわかった」

但馬の理解を得て、気をよくしたようで、得意顔となって常三郎は続けた。

「お武家さまの文庫蔵にこそ、お宝があると経験上わかっておりますので、二つ返事で引き受けたのです」

武士は青木《あおき》とだけ名乗り、それ以上の素性は語らなかった。ここまで聞いて、但馬は面白そうな予感に駆られた。

「それで……明くる日ですが、そのお武家さま、青木さまの御屋敷に行こうとしたのです」

常三郎は店で待っていた。

すると、駕籠《かご》が差し向けられたのだという。

駕籠と共に青木がやって来た。青木を差し置いて自分が駕籠に乗るわけにはいかない、と遠慮したのだが、青木は常三郎を丁重に扱うつもりで駕籠を用意したのではなかった。

「青木さまは、手前が駕籠に乗る前に布切れで目隠しをするよう、おっしゃったのです」

常三郎は、青木が用意した黒い布切れで目隠しをした。念のためと言われ、後ろ手に縄で縛られ、駕籠の中で布切れを外したり、ずらしたりできないようにされた。

「それからでございます」

駕籠を三度乗り換え、件《くだん》の屋敷に着いたのだそうだ。最初の内は、目隠しをされていても行く先を探ってやろうと耳をすませ、往来の雑踏の気配に注意を払っていた。しかし、駕籠に揺られている内に、集中力が途切れ、頭がぼうっとして、どうでもよくなってしまった。

どれくらいの時が過ぎたのかもわからなかったが、昼九つの時の鐘を聞いた。それからしばらくして、駕籠から下ろされた。

青木に手を取られ、表に出ると竹のしなる音が聞こえた。鹿威《ししおど》しの音も聞こえ、見えないものの風情が感じられたという。

青木に案内され、文庫蔵に入った。

そこでやっと目隠しを外された。

視界が開けた途端に眩《まぶ》しさを感じた。明かり取りの窓から差し込む陽光のせいだった。指で目頭を揉み目を慣らすと、上の方に窓があるだけで四方は漆喰の壁に囲まれていた。戸口を除く三方には書棚が立ち並んでいる。

十五畳程の板の間の上には、常三郎に目利きをさせるための書画や骨董が並べられていた。

「不安と多少の恐ろしさがあったのですが、目利きの品々を見た途端にそんな思いは雲散霧消しました」

蔵は掘り出し物の宝庫であった。

「書画、骨董、いずれも素晴らしいものばかりでした。雪舟《せっしゅう》の墨絵、弘法大師《こうぼうだいし》の書、青磁の壺《つぼ》、千利休《せんのりきゅう》手製の茶杓《ちゃしゃく》、太閤秀吉《たいこうひでよし》の文、本邦の品々ばかりか唐《から》渡りの品々もございました」

その時の情景が思い出されたのか、常三郎はうっとりとした。

「まこと、眼福の極みでした」

ひとしきり、名品に酔いしれ、高まった気持ちを冷ましながら品々に値をつけていったのだった。

青木はその値について文句をつけることもなかったという。

「全部で、三千両近くになりました」

自分が骨董屋なら、あのまま布袋屋を継いでいたなら、それだけ払っても十分な値打ちがあると思ったそうだ。

ここまで聞き、

「それで、その青木と申す侍、一体何者なのだ。その屋敷の主ではなかろう」

但馬は疑問を呈した。

青木はその屋敷の主の使いだと称したそうだ。それだけの名品を所有する屋敷の主は何者なのか。但馬は大いに興味をそそられた。

「それが、さっぱりわかりません……と、言いますか、素性については一切問わぬこと、と言い含められたのです。それで、目利きだけで、十両の手間賃をお支払いくださったのです」

常三郎は言った。

その時、常三郎の目が暗く淀んだのを但馬は見逃さなかった。

「青木からは屋敷の主につき、何も聞かなかったのであろうが、そなた、何か心当たりがあるのではないか」

「さすがは荻生さま、鋭いですね」

常三郎は返してから、

「目利きをした品の中に布袋屋のものがあったのです」

と、告げた。

「火事のどさくさに紛れて盗み出されたのか」

但馬が問うと、

「はい、火事場泥棒です」

常三郎は言った。

「壺や掛け軸か」

「絵でございます」

「名のある絵師の手によるものか」

「青山文祥《あおやまぶんしょう》のものでございます」

常三郎は静かに答えた。

三

「青山文祥とは、近頃の絵師であるな。元は直参旗本青山勘兵衛《かんべえ》殿の三男、つまり武士であったが、絵描き好きが高じて青山家を出奔、絵師となったはいいが、いつからか盗人に身を落としたのであったかな。して、その青山文祥の絵があったのだな」

但馬が言うと常三郎はうなずき、

「文祥といえば、抜け雀の塔でございます。盗人となった文祥は、抜け雀の弥之助と名乗っております」

文祥が描いた雀はあまりにも生き生きとしており、絵から飛び立つのを見た者がいるそうだ。抜け雀の塔は、三重の塔の屋根で遊ぶ雀を描いていた文祥の代表作であった。

その、「抜け雀の塔」が、青木が案内した屋敷の蔵にあった。そもそも青木は青山を意識して名乗っているとも勘繰れる。

常三郎は驚きを隠し、抜け雀の塔の絵を何処で手に入れたのか問いかけた。しかし、青木は他の名品と同じく、答えてはくれなかった。

目利きを終えると常三郎は十両を渡され、また布切れで目隠しをされて駕籠で自宅まで送られた。駕籠には青木が付きっ切りであったという。

「なんだか、狐に抓まれたような気分でしたが、特別自分に害が及んだわけでもありませんし、ともかく十両稼げたと思い、そのままにしておりました」

言葉通り、釈然としない顔つきで常三郎は奇妙な目利き体験を語り終えた。

「面白い話を聞かせてもろうた。それで、わしに相談とは何だ。青木なる侍が案内した謎の武家屋敷を突き止めろとでも」

但馬の問いかけに常三郎は居住まいを正して、そうではありませんと返してから、意外なことを打ち明けた。

「先日、青木さまを見かけたのです」

「ほう、何処《いずこ》でじゃ」

但馬も興味を覚え、身を乗り出した。

「不忍池《しのばずのいけ》の骨董市で見かけたのです」

常三郎は骨董市があると、暇を見つけては足を向けるのだそうだ。ほとんどはまがい物だが、中には目を見張る逸品もあり、見つけた時は血が騒ぐという。

「骨董道楽の旦那に頼まれましてね。ついてゆき、掘り出し物を見つける手伝いなんかもするんですよ」

それはともかく、常三郎は不忍池の畔《ほとり》で開かれていた骨董市を見て回っていた。するとと、青木がいるではないか。

青木も骨董市を冷やかしている様子である。常三郎は何度も青木かどうかを遠目に確かめたのだそうだ。

「それで、青木さまに間違いない、と思いまして、失礼ながら後をつけたのです」

その場で声をかけなかったのは、かけたら、青木の素性は確かめられないと思ったからだ、と言い添えた。

後をつけた常三郎は、幸い、青木に気づかれることはなかった。

「あたくし、人をつけるのは得意なんですよ」

読売屋としても超一流だと自負する常三郎は、きちんと自分の目で見聞きして確かめたことを記事にするのだそうで、尾行もお手の物だと自慢した。

そのため、日替わりで行商人や貸本屋に身をやつして外を出歩くのだとか。その日は背中に風呂敷包みを背負い、青木を追った。

「尾行のこつは、相手の脚を見ることなんです」

訊かれもしないのに、常三郎は尾行の極意を語った。尾行対象の脚を見ていれば、もし突然相手が振り返っても目が合うことはない。視線が交わらない限り、尾行していることには気づかれないのだ、と得意そうに説明を加えた。

どうやら常三郎は根っからの仕事好きのようだ。自分の仕事を認められたくて仕方がないのだろう。

やがて青木は根津権現近くの寺に至った。青木は常三郎が連れて行かれた屋敷の主ではないので、そこが目利きを依頼された場所なのかどうか、すぐには断定できない。

それで、確証を得ようと、青木が出てくるまで待ったという。

「おまえも、しつこい……いや、仕事熱心であるな」

肩を揺すり但馬は苦笑したが、常三郎を不快には思っていない。読売屋らしいいかがわしさを感じさせはするが、身の危険も顧みず真実を追究しようとする姿勢には好感が持てる。

「お褒め頂きありがとうございます」

大真面目に常三郎は返す。

「話の腰を折ってしまったな」

但馬は詫びた。

寺から出てきた青木の後を再び追うと、そこから程近い大きな屋敷に至ったという。

「そこは、まさしく、連れて行かれた御屋敷だったのです」

「どうしてわかるのだ。目隠しをされて、周辺の景色は一切、見せられなかったのであろう」

但馬は疑問を呈した。

常三郎はにんまりし、

「あたくしは、転んでもただじゃ起きません。目利きの際、厠に行くことだけは許されました。さすがに、出物、腫物《はれもの》、所嫌わずですからね」

厠へ行く際にも目隠しをされ、監視の者がついてきた。

「ですがね、さすがに厠の中までは入って来ませんでしたので、用を足す間だけ目隠しをずらしたんですよ」

格子窓からは大きな池が見えた。その真ん中には島が設けられ、朱色の三重の塔があった。

「抜け雀の塔であったのだな」

但馬は言って首を捻り、続けた。

「朱塗りの三重の塔を庭の池に配置するのは、それ程珍しくはないと思うがな」

「それがでございますよ」

思わずといった風に常三郎は声を大きくしかけたのだが、慌てて声を潜めた。

「抜け雀の塔に違いないのです」

「ほう……」

但馬は訝しんだ。

「抜け雀の弥之助、つまり青山文祥が描いた絵と同じ三重の塔でございました。相輪までが朱塗りだったのです」

興奮気味に常三郎は答えた。

仏塔の屋根の上にある鉄製の飾り、相輪までもが朱塗りにされている三重の塔は、なるほど珍しい。いや、他では見られないだろう。常三郎が目利きを依頼された屋敷に間違いあるまい。

朱塗りの三重の塔の屋根や欄干に留まる雀の絵、あまりにも生き生きと描かれているため、雀が絵から飛び立った、と評判になった。

「絵に描いた雀が飛び立つらしいのう」

但馬が水を向けると、

「それくらい、雀が上手く描かれているのですよ。それは、見事なものです」

瞳を輝かせ、常三郎は絵を賞賛した。

「そなたは、その屋敷が抜け雀の弥之助所縁《ゆかり》の屋敷と考えるのだな」

但馬の問いかけに、常三郎がうなずく。

「何か関係があるのでは、と思います。あたくしが推察致しますには、あの御屋敷は抜け雀の弥之助一味の巣窟なのでございますよ。弥之助一味は千両箱よりも書画、骨董の類《たぐい》を盗むことで知られております。あたくしが目利きしたのは、盗品だったのでしょう」

「盗人屋敷のう……」

もっともらしい考えだが、但馬は半信半疑である。

「違いないと思います」

だが、常三郎は信じて疑っていない。

「ならば、そのこと、奉行所に訴え出ればよいではないか」

但馬に問われるが、

「それはできないのです」

常三郎は首を左右に振った。

「どうしてだ」

「あたくしは、御奉行所から睨まれておりますのでね」

読売屋の定めだと常三郎は言い、御上に睨まれるのを恐れていては読売屋は務まらない、と誇らしげに胸を張った。

「読売屋の心意気はわかるが、真実を書けば信頼を得られるのに、嘘八百ばかりを並べておるからであろう」

皮肉たっぷりに但馬は苦笑を漏らした。

「そうなんですよ。ですがね、あたしは、骨董の目利き同様に、江戸の民が望んでおるものの目利きもちゃんとできるのですよ」

重ねて誇るように常三郎は言った。

「そうだ……おまえのところの読売であろう、先頃の忠臣蔵騒動を書き立てたのは」

但馬が責めるような口調で問いかけると、

「あれは、売れに売れたんですよ。関連した草双紙も大いに売れました。あのネタではうちが一番でしたよ。やっぱりね、庶民が喜びそうな物語にしなくちゃいけないんです。印旛沼の干拓がどうのこうの、なんて言われてもね、庶民には関係ないし、関心もそそられません。庶民が望むのは秘め事の暴露ですよ。おまけに、歌舞伎にもしようって、そんな企てもあったんですからね」

常三郎は反省するどころか己が商魂のたくましさを胸を張って語り、中村座《なかむらざ》には自らが持ち込んだのだと言い添えた。

「ほう、それで、うまくいったのか」

但馬が訊くと、

「それがですね、台本をこしらえていると何だか忠臣蔵と似たりよったりになってしまいまして、その内に大沼浪人の話題そのものが飽きられてきまして、こりゃ、芝居にしたところで客の入りは見込めそうにないってことで、やめました」

悪びれもせずに常三郎は語った。

まさしく、読売屋の真骨頂を地でゆくような男だ。

「ゆえに、御奉行所もまともに取り合ってくれませんでね。それで、ここは一つ、荻生さまにお願いしまして、盗人一味を退治して頂こうと、こうしてお願いに上がったのですよ」

常三郎はぺこりと頭を下げた。

「そんなことを申して、また読売のネタにしようと思っておるのであろう」

但馬はニヤリと笑った。

「そりゃそうですよ」

当然のような顔で常三郎は認めた。

「ふん」

但馬は呆れたように首を左右に振った。

「ですがね、こりゃ、荻生さまにとっても決して悪い話じゃないって思うんですよ」

　常三郎は言った。

「礼金を弾むと申すか」

　但馬は苦い顔で返した。

「もちろんですよ、弾ませてもらいます。おっと、もちろん、荻生さまが銭金だけで動くような下衆《げす》なお方だなどと……そんな安易なことは考えておりません」

　もっともらしい顔で常三郎は言い立てた。

「ならば、何だ」

　但馬は、常三郎という男の摑みどころのなさに、いい加減苛立ってきた。

「荻生さまの御蔵入改方には、北町の緒方さんがいらっしゃるでしょう」

「緒方を知っておるのか」

　意外な気がして但馬は問い返した。

　調子のよい読売屋と謹厳実直な緒方小次郎とが結びつかない。ひょっとして、小次郎が常三郎の読売屋を取り締まったことでもあるのだろうか。

「もちろん、親しいってわけじゃありませんよ。読売屋と致しましては、緒方さんは面白い素材でございましてね。実は緒方さん、抜け雀の弥之助一味を追っていて、取り逃がしてしまわれたんですよ」

常三郎は言った。

「ほう」

但馬は目をしばたたいた。

そう言えば、このところ小次郎が顔を出さない。大門武蔵は気まぐれな性質《たち》でこちらから連絡をしないとやって来ないが、律儀な小次郎は役目があろうがなかろうが、毎日ではないにせよまめに顔を出していた。

小次郎から何の連絡もなかったものの、風邪でもひいたのかとさして深くは考えていなかった。

「弥之助を取り逃がしたってことで、緒方さん、北町で散々に叩かれましてね。気の毒なことに、立つ瀬がないって言いますか……出仕停止まで食らってしまって。御奉行所も体面を保つために、緒方さん一人に責任を押し付けているんですよ。あたくしはですよ、読売屋として御上の蜥蜴《とかげ》の尻尾《しっぽ》切りってやり方が許せないんです。ですから今回、あたしに協力して頂ければ、緒方さんの汚名返上にもなるんですよ」

どうだと言わんばかりに常三郎はたたみかけた。

「なるほどのう」

けですから」

「荻生さまから、緒方さんに話して頂けませんかね。いえね、緒方さんもきっと汚名を雪《すす》ぐいい機会だと喜ばれると思いますよ。しくじりから一転して大手柄をお立てになれるわけですから」

但馬はうなずく。

立て板に水の名調子で常三郎は捲し立てた。

常三郎は都合よく小次郎を利用するつもりのようだが、その申し出は悪くはない。小次郎のことだ。弥之助を取り逃がしたことを深く悔い、恥じてはいても、屋敷に引き籠ってばかりはおるまい。出仕停止をいいことに、弥之助の足取りを追っているのではないか。

それならば、常三郎が持ち込んできたネタに乗るのも一興だ。

「なるほど、わかった。ならば、探索は緒方に任せてみるか」

但馬は引き受けた。

「ありがとうございます」

常三郎は両手をこすり合わせ何度も頭を下げた。これで読売の評判をとって、あわよくば付随する草双紙もと、売上を皮算用しているようだ。

「弥之助一味、どれほどの人数がおるのだ」

但馬が問いかける。

「それも、調べて頂きたいのですよ。青山文祥がいったいどうして抜け雀の弥之助に身を落としたのか、その辺のことも緒方さんなら、明らかにしてくださると期待しているんです」

「抜け雀の弥之助の全てを知りたいというのだな」

「そういうことです。あたしの興味であると同時に、大勢の市井の者たちにとっての関心事だとも思うのですよ」

「読売屋魂というやつか」

但馬の言葉に、

「全身読売屋の万寿屋常三郎とはあたくしのことでございます」

ぎょろ目をむき、芝居がかった調子で常三郎は答えた。

四

明くる日、小次郎は夕凪の二階にやって来た。但馬が常三郎の一件を話しておこうと呼び出したのである。

但馬は、常三郎から聞いた抜け雀の弥之助の一件についてかいつまんで話した。

その上で、

「どうだ。常三郎の誘い、いかがする」

無理強いはせぬ、と但馬は強調した。

「やります」

即座に小次郎は答えた。

沈着冷静な小次郎らしからぬ態度に、弥之助を取り逃がした無念さを痛感する。

「わたしは今回の探索に、汚名返上、捲土重来《けんどちょうらい》を期したいと存じます」

小次郎らしい生真面目さで言い添えた。

「そうか、ならば、そなたに任せる。但し、弥之助一味がどれほどの数かは不明だ。常三郎が申す屋敷が、一味の巣窟であったなら、直ちに報せるのだ」

但馬は釘《くぎ》を刺した。

「承知しました」

小次郎は約束し、一礼した。

そこへ前もって呼んでおいた、常三郎がやって来た。小次郎に丁寧に挨拶してから、

「では、早速ご案内致します」

と、小次郎と二人出て行こうとした。

それを、但馬が引き留める。

「何か……」

常三郎が但馬を振り返った。

「そなたが申す屋敷の所在、書き記せ」

但馬は懐紙を手渡した。

「荻生さままでいらっしゃることはありますまいが……まあ、ようござんす」

常三郎は腰の矢立てを取り、さらさらと絵図を描いた。根津権現を中心として、件の屋敷への道筋が記してある。さすがは読売屋だけあって、要領を得たわかりやすさであった。

五

小次郎は常三郎の案内で根津権現近くにある屋敷へとやって来た。

広大な屋敷である。

その裏門に回る。

「ここから、このように」

常三郎は慣れた動作で塀越しに伸びる松の枝を伝い、塀に上がった。小次郎もそれに倣って塀に取り付いた。

「こっから、入りますんで」

身軽な動きで常三郎は地べたに下り立った。小次郎も続く。

「こちらでございます」

常三郎の案内で竹林に入る。

小次郎も常三郎も足音を忍ばせ、そっと中の様子を窺う。

「あれでございますよ」

常三郎は指差した。

なるほど、池の真ん中に朱塗りの三重の塔が建っている。

「今、雀はおりませんがね、青山文祥の絵の通りの三重の塔なんですよ」

常三郎は言った。

「限りなく似ておるということだな」

小次郎らしい慎重な言い回しに留めた。

「間違いありません。ここここそが、抜け雀の弥之助一味の巣窟ですよ」

常三郎は、間違いありません、と何度も強調した。

「果たして、そうであろうか」

小次郎は目を凝らした。

その時、朱塗りの三重の塔から、ぞろぞろと人が出て来た。町人風の男たちであった。

常三郎は息を殺した。

小次郎も一心に見詰める。

男たちの顔には見覚えがあった。

「あいつら……」

思わず、声を漏らしてしまった。

弥之助を神社に追い詰めた時、裏門近くで火の回りをしていた連中である。あの時、彼らは弥之助を見ていない、と口を揃えて証言した。

「どうされましたか」

常三郎が問いかけてきた。

「あ、いや」

小次郎は言葉を濁す。

「緒方さん、そんな……水臭いですよ。あたくしと緒方さんの仲じゃありませんか」

常三郎が言った。

今日初めて会ったというのに、仲などできているはずがない。まこと読売屋らしい図々

しさである。それでも、隠し立てすることもないだろうと、

「塔から出て来た連中に見覚えがあるのだ」

小次郎は、弥之助を追いかけていて遭遇した火の回りの者たちであることを説明した。

「あいつら、弥之助とぐるだったんですよ。緒方さん、まんまと騙《だま》されましたね」

常三郎は決めつけた。

「そうであろうかな」

小次郎はやはり慎重だ。

「なら、お訊きしますがね、その火の回りの連中、近くの木戸番小屋に詰めておった者たちでしたか」

痛いところを常三郎は突いてきた。

「いや……」

あの時、木戸番小屋で顔を合わせたのとは別の組なのだろうと独り合点して、確かめもしなかった。とにかく弥之助の行方を追うのが最優先であった。すぐに追えば、捕まえられる可能性はあった。弥之助は同僚、加納与一郎の斬撃により負傷していたのだ。逃走を続けることは無理、少なくとも勢いは相当に失せるはず、と想像できた。

今となっては言い訳であるが、火の回りの者たちへの尋問よりも、弥之助を追うのを優

先させたのは間違っていなかったと思う。

「仲間だったんですよ」

小次郎の傷口をえぐるように常三郎は言い募った。何をどう言おうが、小次郎にとっては言い訳になる。

小次郎は屈辱に身を震わせた。

「とにかく、弥之助一味の巣窟ですからね、しっかりと探索をお願いしますよ」

常三郎にえらそうに言われ、言い返せないのは、小次郎の生真面目さゆえだ。これが、大門武蔵であったなら、うるさい、と一喝し頭の一つも小突くところだろう。

「さて、屋敷の中を探索するか」

己に言い聞かせるようにして呟くと、小次郎は周囲を見回した。

「そうだ。そなたが目利きをさせられた文庫蔵を、まずは探るぞ」

小次郎が言うと、

「そうでしたな」

常三郎はそろりと足を伸ばし、竹林を抜け出た。小次郎も周囲に気を配りながら、後を追う。常三郎は手慣れた様子で飄々《ひょうひょう》と歩を進めてゆく。

母屋と渡り廊下で繋がれている漆喰塗りの建物があった。

あれに違いない、と常三郎は例によって自信満々に断じた。

幸いにして蔵の周辺に人気《ひとけ》はない。それでも、小次郎と常三郎は足音を忍ばせ、渡り廊下に上がると雪駄《せった》を脱いで懐に仕舞った。次いで、廊下を進んで土蔵の前に立つ。

戸口には南京錠が掛かっていた。

「さて」

常三郎はにんまりした。

「八丁堀の旦那には、あっちを向いておいてもらいましょうかね」

人を食ったように言うと、常三郎は財布から簪《かんざし》を取り出した。融通の利かない小次郎ではあるが、そもそも見知らぬ屋敷に無断で侵入したこと自体、咎められることなのだ。ここまで来たからには、毒を食らわば皿まで、である。

小次郎はそっぽを向いた。常三郎は南京錠の前に屈《かが》むと、鼻歌交じりに簪の先を鍵穴に挿し入れた。次いで、しばらく鍵穴を探ったあと、

「よしっ」

という声と共に、南京錠を外した。

へへへと得意そうに笑い、常三郎は簪を財布に戻すと戸を開けて中に入る。小次郎も続き、戸を閉めた。

蔵の板敷には書画、骨董が並んでいたが、

「おや、ずいぶん数が減っている……」

目利きした時に比べ、品数が半分に減っているという。

「売り捌くことができたのだろうか」

小次郎が疑問を投げかける。

「そうでしょうね」

「しかし、盗品だ。大っぴらに売ることはできまい」

納得できない、と小次郎は常三郎に問い直した。

「蛇の道は蛇で、好事家っていうのは、色々と曰《いわ》く付きの品を買い取るための道筋を確保していらっしゃるんじゃないんですか」

何でもないことのように常三郎は言った。

「どんな道筋だ」

そんな屁理屈では得心がゆかない。

「そりゃ、色々ですよ」

常三郎があやふやに返すと、

「適当に胡麻化《ごまか》すな」

ぴしゃりと小次郎は言った。

心外だとばかりに常三郎は口を尖らせる。

「八丁堀の旦那なら、よくご存じでしょう」

「すまぬ。知らぬのだ。教えてくれ。なに、それによって、そなたをどうこうしようとは思わぬ」

小次郎は丁寧に問い直した。

常三郎は上目遣いになって、不承不承説明を始めた。

「まず出所を気にしなくてもいい品があるんですよ」

「というと……」

「大名屋敷によっては、大事なお宝が盗まれたとあっては御家の体面に係わる、と盗み出されたことを秘匿しておられるところもあります」

「なるほど、盗品にもかかわらず、それと知られず骨董屋に売れるということか。しかし、骨董屋もちゃんと由緒を記した折紙を求めるだろう。折紙を確かめれば、盗品なのかどうか一目瞭然《いちもくりょうぜん》ではないか」

「それとわかっていて買い取る骨董屋もおりますから。出入り先の裕福なお寺、商家、お武家、世の中には金に飽かせて名品を自分の物にしたがるお方は珍しくありません」

もっともらしいことを常三郎は言った。

「そんなものか」

納得できるような、できないような、小次郎は複雑な気持ちになった。

「世の中には、表と裏があります」

したり顔で言う常三郎だったが、

「それはわかるが……では、そなたの父がやっていた布袋屋も、そうした盗品を扱っておったのか」

小次郎の問いかけにその目を泳がせた。

「どうなのだ」

「親父は、そういうことはしなかったんですよ」

常三郎は言った。

父親の次朗右衛門《じろうえもん》は出所の怪しい骨董品は一切、扱わなかったそうだ。

その表情からは、父親への複雑な思いが垣間見えた。

深く触れられたくはないようだ。

「親父は商いが今一つ下手だった。骨董好きで、目利きは確かだったんだけど、その割に店を大きくできなかったのは、融通が利かなかったからなんですよ」

つまり、盗品だろうとうまく売り捌けばもっと大きな商いができたはずだ、と言いたいのだ。

「そうすりゃあ、大黒屋さんみたいに店を大きくできたんです」

冷めた口調で常三郎は言い添えた。

「それで、色々な道筋のもう一つは何だ」

小次郎が尋ねると、

「骨董屋が盗人を雇っておる場合です」

常三郎は不穏なことを言い出した。

「まるで、読売のネタになりそうな話だな」

小次郎は薄い笑みを浮かべた。

「本気にしておられないのでございますな。無理もありません」

常三郎は言った。

「もしかして、抜け雀の弥之助は骨董屋に雇われている、と言いたいのか」

小次郎は愕然《がくぜん》とした。

「まあ、そういうことです」

「ここはその雇い主の屋敷なのだな。しかし、この屋敷は骨董屋のものとも思えぬが。持ち主は誰なんだ」

　小次郎は明かり取りの窓を見上げた。

　もちろん、そこに答えがあるわけではない。弱々しい冬晴れの日が差し込むばかりである。軒雀の鳴き声がやたらと耳につく。

「ここは、青山勘兵衛さまの寮でございますよ」

「青山勘兵衛というと……抜け雀の弥之助の父親ではないか」

　小次郎が驚きを見せると、

「その通りです」

　常三郎らしからぬ真顔で肯定した。

　小次郎が戸惑いを示すと、

「元々は骨董屋大黒屋の寮でした。それを大黒屋が青山さまに献上したのです」

　常三郎は言った。

「どうして、そんなことをしたのだ」

「盗み取った骨董品を守ってもらうためですよ」

　常三郎は言い切った。

「青山さまもそれは承知なのだな」

小次郎が問う。

「もちろんです」

常三郎の返事に、小次郎は苦い顔になった。

その時、戸口に人の気配がした。

小次郎と常三郎は口を閉ざし、戸が開くかと身構えた。幸い、戸が開けられることはなかったものの、南京錠が掛けられる音がした。

「ああっ」

常三郎は叫び、腰を上げると戸口に向かった。小次郎は耳をすまし、外の様子を窺う。

「鍵を掛けられちまいましたよ」

戸を動かそうともがきながら常三郎は小次郎に声をかけた。

「気づかれたようだな」

小次郎は歯嚙みした。

「やっぱりここは、弥之助一味の巣窟で間違いありませんよ。あたくしの見通しは正しかったんです」

いつもなら、自慢げに言うのだろうが、危機に陥った今は、声が震えている。小次郎とて落ち着いている場合ではない。

常三郎は板敷の真ん中に立ち、明かり取りの窓を見上げている。

「あそこから出ることはできまい」

小次郎も見上げたが、大の男が抜け出せる大きさではない。

「そうですかね」

言いながら常三郎は周囲を見回し、

「あそこから本を取り出してしまえばいいんじゃありませんか」

と、丈高く立ち並ぶ書棚に顎をしゃくった。棚から本がなくなれば、そこを足場として上ることができそうだ。まずは外の様子を確かめるのがいいかもしれない。

小次郎も賛同し、常三郎と共に本を取り出し始めた。学問書かと思いきや、草双紙ばかりであった。

「つまんない本ばっかりですよ」

常三郎はぱらぱらと本を捲《めく》り、乱暴に投げ捨てた。小次郎も、丁寧に扱う必要などないと、手当たり次第に摑み取り、後方に投げ捨てた。

書棚が空になったところで、

「常三郎、上れ」

小次郎は言った。

に限る。

　二人一緒だと書棚は転倒しそうだ。それに棚を足場にするとしても、後ろから支えないと、上れないだろう。自分よりも屋敷を知る常三郎に、まずは土蔵の外を確かめてもらうに限る。

　常三郎も小次郎の意図を察したようで、

「なら、お願いしますね」

　背中を支えるよう小次郎に頼んでから、棚に手をかけた。常三郎は両手と両足を棚にかけ、尺取り虫のように上り始めた。小次郎は背後に立ち、常三郎が落ちないように目配りする。

　常三郎は身軽で、結局は小次郎の支えを必要とせず、易々《やすやす》と書棚の頂に至った。次いで、窓から周囲を見回し始めた。

「いたいた……緒方さん、青木さまがいますよ」

　常三郎は小次郎を見下ろし報告した。

「わたしも青木を見たいな」

　小次郎が申し出ると、

「ようござんすよ」

　常三郎は書棚から軽やかに飛び下りた。

黒紋付を脱ぎ大刀を鞘ごと抜いて板敷に置くと、小次郎は棚に取り付いた。今度は常三郎が用心のため背後に立った。

常三郎に頼ることなく、小次郎は書棚を上っていった。やってみると、意外にも簡単だった。息を吐《つ》くこともなく窓から外を見る。枯葉舞う池の端を神社の裏門で鉢合わせした男たちが散策している。

その中に侍がいた。

「……加納さん……」

小次郎は絶句した。

常三郎が青木と言っていた侍はまごうかたなく、北町奉行所臨時廻り同心加納与一郎であった。

小次郎の異変に気付いた常三郎が下から声をかけてきた。

「どうかしましたか」

即答はせず、小次郎は書棚から下り立つと、常三郎に向かって問いかけた。

「外におった侍、青木に間違いないのだな」

「ど、どうなさったんですか。そんな、怖い顔なさって」

常三郎はぎょろ目をしばたたいた。

「あの男は、北町の加納与一郎だ」

常三郎が大黒屋にいた夜、深川永代寺門前山本町の木戸番小屋に詰めていた同心だと教えた。

「へ〜え、あの人、八丁堀の旦那だったんですか。そいつは気づかなかったなあ。だって、袴を穿いていらっしゃったし、髷だってその……」

小銀杏に結った小次郎の髷を見ながら、常三郎は、青木の髷がごく普通の侍髷だったと言った。

「加納さんは、小銀杏には結っておらんのだ。町道場の師範代を務めておるので、武士の門人と接する。それゆえ、八丁堀同心だと侮られたくはない、とな……それにしても、そなた、あの夜、山本町の木戸番小屋に猪肉を差し入れたのだろう」

小次郎の問いかけに、

「高かったんですよ。猪肉だけじゃなくって、味噌も酒も、それにこさえる土鍋まで用立てたんですからね」

常三郎は自慢げに答えた。

「その時、加納さんの顔を見たのではないか」

小次郎の疑問に常三郎は首を左右に振り、

「見てませんよ。ちょうど出て行く後ろ姿を見ただけで。顔を見てたら、その場で青木さまだって思い出しますからね。なにしろ、あたくしは一度会った人の顔と名前は忘れないってのが自慢ですんでね」

いくつ自慢があるのだと小次郎は内心で苦笑しながら問い直した。

「しかし、弥之助一味が大黒屋に押し入ったときの合図の笛の吹き方を、加納さんから指図されたのではないのか」

「それは、あたくしが大黒屋さんに言ったんですよ」

猪肉を差し入れた時、加納は出て行ったところだった。それで常三郎は、見回りに来る八丁堀同心に弥之助一味をお縄にしてもらおうと、大黒屋藤兵衛に言伝《ことづて》を頼んだのだそうだ。

なるほど、そういうことか、と小次郎は得心した。

山本町の木戸番小屋は、小次郎の担当であったのに加納が来ていた。加納は山本町にもう一つある木戸番小屋と間違えたと詫びたが、初めからあの番小屋に詰めるつもりだったのだ。そして、小次郎が見回りに立ち寄るのを待ち受け、小次郎が弥之助を捕り逃がすよう仕向けたのだ。

加納は弥之助に手傷など負わせていなかったのだろう。最初から小次郎に追わせ、見失わせるつもりだったのだ。

「緒方さん、あんた、加納って朋輩《ほうばい》にまんまとしてやられたんだよ」

傷口に塩を塗るような常三郎の言葉だが、認めざるを得ない。

「加納さん……いや、加納与一郎は抜け雀の弥之助一味の手先になっておったのだな」

悔しさで胸を締め付けられながら小次郎は言った。

「弥之助ばかりか、大黒屋の犬に成り下がっておいでですよ」

憎々しげに常三郎は吐き捨てた。

その顔はどす黒く膨れ上がっていた。大黒屋への憎悪の念が感じ取れる。

「大黒屋に恨みでもあるのか」

ずばり、小次郎は問いかけた。

常三郎の表情が強張《こわば》った。

「大黒屋藤兵衛は親父の仇です」

腹の底から絞り出すような声で常三郎は言った。

常三郎の父は大黒屋と同じく深川で骨董屋を営んでいた。目利きの確かさから多くの武家、寺社、大店の主人から贔屓にされた。

それら金を持った客に大黒屋は平気でまがい物を売りつけた。

「親父は絶対にそんなことはしませんでした。その方が儲かるのを承知でね……で、ある時、大黒屋から買ったお客から目利きを頼まれ、親父は大黒屋の不正を明らかにしたんです」

大黒屋藤兵衛は恥をかかされた上に不誠実さで多くの顧客から出入りを止められた。そのことを逆恨みした藤兵衛は布袋屋に火をつけ、どさくさに紛れて目ぼしい品々を奪い去ったのだった。

「あたくしは藤兵衛に仕返しをしてやる機会を窺っていました」

抜け雀の弥之助一味が盗んだ書画、骨董を目利きさせられた際、元々布袋屋にあった抜け雀の塔の絵があるのに気づいた。そこで常三郎は、弥之助一味が抜け雀の塔の絵を所持する屋敷を狙っている、という噂を自分の読売で流した。そのうえで、言葉巧みに大黒屋に近づき、信頼を勝ち取った。

そうしておいて記事のためという理由で、大黒屋が青山勘兵衛に献上した土蔵に潜入し、盗品ばかりだという証拠を得ようと思った。証拠を得た暁には、ど派手な記事にして読売で書き立てるつもりだった。

土蔵にいると、盗みを働いてきた弥之助一味が戻って来た。色々と調べていることがばれそうになり、思わず、常三郎は笛を吹いた。

加納は悪事が発覚するのを恐れ、口封じのため弥之助一味の手下を斬ったのだった。

「汚い野郎どもですよ」

語り終え、常三郎は拳を握り締めた。

その時、窓から何かが飛び込んできた。

布切れに包まれたそれは燃えている。小次郎は板敷に脱ぎ捨ててあった黒紋付を拾い、火を消そうとした。

ところが、炎に包まれた塊《かたまり》は次々と投げ入れられた。炎は投げ捨ててあった書物に燃え移る。

「畜生、我楽多と一緒に焼くつもりだな」

常三郎は板敷に並べられた青磁の壺を持ち上げ、壁に向かって投げつけた。壺は砕け散ったが、壁はびくともしない。

「おい、いいから火を消せ」

小次郎は黒紋付をばたばたと振って火消しに努めた。常三郎は懐中に仕舞ってあった雪駄を両手に持ち、燃える塊を叩き始めた。

二人の奮闘にもかかわらず、火は燃え拡がり、黒煙が立ち昇った。

小次郎も常三郎も激しく咳き込んだ。

「穴蔵だ。穴蔵へ逃れよう」

小次郎は身を屈めた。

土蔵には、地中に穴を掘り大事な物を収納しておく穴蔵があるものだ。穴蔵に潜めばひとまず炎を避けられる。

ところが、

「穴蔵、ありませんよ」

悲痛な声で常三郎が言う。

「何だと……」

信じられない思いで小次郎は呟いた。

「目利きの時、青木さまに確かめたんです」

常三郎は言い添えた。

ないという青木に、常三郎は親切にも穴蔵を設けることを勧めたが、ここは仮の骨董置き場だから不要だ、と答えたそうだ。

「無理にも穴蔵を設けさせるんだったなあ」

後悔先に立たず、と常三郎は嘆いた。

その間にも火の粉が降り注ぎ、書棚が次々と燃え落ちた。小次郎と常三郎に間もなく同じ運命が待ち受けている。

「なんまいだあ〜なんまいだあ〜」

常三郎はうつ伏せになって、「南無阿弥陀仏」を唱え始めた。

小次郎は立ち上がり、一か八か、戸に突進した。

しかし、びくともしない。

それでも、何度も身体を戸にぶつける。止めた時が諦めの時、すなわち死である。

だが、無情にも戸は小次郎を拒絶し続け、希望を断ち切る。負けまいと思っていても、体力が失せ、煙にむせび、小次郎はいつしか板敷に倒れ伏した。

薄れゆく意識の中で晴香の顔が浮かんできた。晴香は庭で和代と遊んでいる。和代が小次郎を振り向いた。

「和代……」

小次郎は妻に向かって踏み出す。

すると、和代は思いがけなくも険しい顔つきで、小次郎に向かって晴香の背を押した。

晴香が小次郎に抱きつく。

小次郎は晴香を抱き上げ、

「和代」

と、再び呼びかけた。

「来てはなりませぬ！」

甲走った声で和代は小次郎を拒絶した――。

小次郎は意識を取り戻した。

「もう駄目ですよ～」

常三郎が泣き叫んでいる。

小次郎はもう一度戸に向かおうとした。

天に願いが届いたのか、戸がみしみしと音を立てている。

小次郎が身構えると、戸が倒れてきた。

茫然とする小次郎に、

「緒方！　早く出ろ！」

大門武蔵の雄叫《おたけ》びにも似た声が聞こえた。

小次郎は常三郎の襟を摑み、

「助かったぞ」

と、声をかけるや土蔵の外に出た。常三郎も板敷を這《は》いつくばりながら外に転がり出る。

母屋との渡り廊下に武蔵が仁王立ちしていた。

「かたじけない」

小次郎が一礼すると、

「礼は後だ」

武蔵は小次郎と常三郎を急き立て、土蔵から離れた。


但馬が庭で待っていた。

小次郎と武蔵は但馬と共に、加納たちのいる池の畔に向かった。

加納が不敵な笑みを浮かべ、小次郎を見る。

「加納さん、情けないとは思いませぬか」

怒りで小次郎の声が震えた。

「うるさい」

加納は吐き捨てた。

「抜け雀の弥之助はどこへ逃げたのですか」

表情を引き締め、小次郎が問いかけた。

「抜け雀の弥之助なぞおりはせぬ。青山文祥どのは病で死んだ。骨董収集に目がない青山
勘兵衛さまは、大黒屋に盗人一味を結成させ、骨董を盗ませた。一味の結成にはわしも協

力した。青山さまは、若くして亡くなった文祥どのの代表作に因《ちな》んで、抜け雀の弥之助という盗人として生かすことにしたんだ。盗みは一味のみなでやったのだ」

加納は哄笑《こうしょう》した。

「潔く罪を償いなされ」

小次郎の言葉を無視し、加納は抜刀した。小次郎は大刀を土蔵に置いてきたのに気づいた。

「ほら、使え」

武蔵が自分の大刀を貸してくれた。

武蔵はいつもの六尺棒を手にしている。

但馬はサーベルが入った革袋を持っている。

多数の男たちが加納に加勢した。中には侍もいる。青山勘兵衛の家来のようだ。

武蔵が六尺棒を振り回しながら、一団に殴りかかった。

敵の顔面、胴を手当たり次第に叩く。

但馬は皮袋からサーベルを取り出した。

鞘と柄《つか》は黄金に輝き、柄と鍔《つば》をつなぐ枠が付いている。反《そ》りが少ないのはサーベルならではだ。

次いで、半身となり、右手で柄を握ると前に突き出した。そして左手を腰に添え、さっと腰を落とした。

殺到する敵を但馬は冷静に捌いていく。

微動だにせず、サーベルで大刀を撥《は》ねる姿に敵は恐れをなし、ほとんどの者が遠巻きに見ている。そんな敵を武蔵が六尺棒で殴り倒してゆく。

敵は頬骨や鎖骨を砕かれ、鼻血を飛び散らせながら地べたをのたうった。更に群がる敵に立ち向かおうと、武蔵は六尺棒を頭上でぐるぐる回す。

そこへ、矢が飛来した。

数多《あまた》の矢が武蔵と但馬に斬りかかる敵の背中に突き刺さった。悲鳴と共に数人が倒れ伏す。

同士討ちの様を目の当たりにし、恐れをなした敵が但馬と武蔵から遠ざかった。

三人が弓で但馬と武蔵に狙いをつけている。

咄嗟に武蔵は六尺棒を真ん中の男に投げた。六尺棒の先が顔面を直撃し、男は弓を落として昏倒《こんとう》した。左右の二人はひるみ、思わず弓弦《ゆづる》に番《つが》えた矢を外す。

すかさず但馬がサーベルを構えたまま疾風《はやて》のように間合いを詰めた。

大慌てで矢を番え直そうとする二人に、

「観念せよ！」

裂帛《れっぱく》の気合いと共に但馬はサーベルを左右、真一文字に払った。

ぷつりと弓弦が切れ、二人は口を半開きにした。

そこへ、武蔵が駆け込み、拳で彼らの頰を殴った。二人は後方に吹っ飛んだ。

ほっと安堵したのも束の間、今度は銃声が轟き、弾丸が但馬の肩先をかすめた。二人の男が鉄砲を手にしている。

放った一人は二発目の弾込めをし、もう一人は銃口を但馬に向けていた。武蔵が飛び道具とは卑怯《ひきょう》だと舌打ちをし、倒れ伏す敵の襟首を摑んで引き上げた。

「こっちも飛び道具だ！」

怒声を浴びせ、武蔵は男を抱え上げるや弾丸を放とうとする敵に投げつける。仲間と共に敵は倒れ、大空目がけて鉄砲が放たれた。

弾込めを終えたもう一人が狙いを定めようとした。が、但馬と武蔵、どちらを狙おうか迷っている。

「今度はわしだ！」

西洋剣術の動きを捨て、但馬は脱兎の如く飛び出すと敵に突進する。憤怒の形相で迫り来る但馬に敵は浮足立った。

但馬はサーベルの切っ先を銃口に差し込み、さっと撥ね上げた。鉄砲は宙に弧を描き、池にぽちゃりと落ちる。敵は尻餅をついた。


小次郎は加納と向かい合った。

加納は余裕の笑みを浮かべ、正眼に構えた。

自分に勝てる者はいない、との自信に溢れている。

「緒方、貴様、奉行所の剣術試合でわしに勝ったことは皆無だったな」

刃《やいば》を交える前から加納は勝利を確信している。小次郎が黙って睨み返すと、

「貴様の太刀筋《たちすじ》は全てわかっておる。さあ、挑んでまいれ」

どこまでも小次郎を見下した物言いにも動ぜず、小次郎は大刀ばかりか脇差も抜いた。

おやっという顔で加納が言う。

「なんじゃ、いつから二刀流になった」

小次郎は答えない。

「そうか、まともに手合わせしたのでは敵わぬとみて、目先を変えようという魂胆だな。小賢《こざか》しいぞ」

加納の嘲笑《ちょうしょう》を浴びながら小次郎は大小を目の前で交差させる。

加納は大上段に構え直し間合いを詰めるや、白刃を小次郎の脳天に振り下ろした。

凄まじい斬撃をものともせず、小次郎は大小で加納の刀を挟んだ。

加納は驚愕《きょうがく》し、身動きできず、もがき始める。

小次郎は大小に力を込め、捻り上げる。

加納は背後に飛び退《すさ》った。

加納の大刀がするりと大小の間から抜ける。

予想外の小次郎の剣に加納は焦りの色を滲ませ、肩で息をしている。

今や小次郎が加納を見下ろしていた。

大小を交差させたまま威圧するように動かない。

寒風に晒されながら、小次郎は加納ににじり寄る。

「おおっ！」

獣のような咆哮《ほうこう》と共に、加納は飛び出し、再び大刀を振り下ろした。

次の瞬間、小次郎は腰を落とした。

引き込まれるように加納の大刀が小次郎の大小に挟まれた。小次郎は加納の大刀を撥ね上げ、同時に自らの大刀を横に払った。

加納は膝から頽《くずお》れた。

夕凪の二階で猪鍋が供された。

大黒屋藤兵衛と青山勘兵衛の悪事は明らかとなった。常三郎は自分が見聞きした、抜け雀の弥之助探索の一部始終を読売で大袈裟に書き立て、大いに評判を得た。

勘兵衛は切腹、加納は非業の死を遂げ、藤兵衛は打ち首となった。

火鉢に据えられた鍋を、但馬以下、小次郎、武蔵、喜多八、お紺たち御蔵入改の面々が囲んだ。

猪肉と味噌、それに清酒は、常三郎の差し入れである。但馬は馴染みになったうどん屋、上州屋から下仁田葱を分けてもらい、お藤がそれをぶつ切りにして大皿に盛って来た。

慣れた手つきで但馬が猪鍋をこさえてゆく。煮立ったのを見計らい、自家製の出汁が入った鍋に味噌を加えて溶かした。しばらく、そのままにする。

「では、そろそろやつがれがお肉を……」

気を利かしたつもりで喜多八が、皿から菜箸で猪肉を取ろうとした。

途端に、

「ならぬ！」

但馬は閉じた扇子で喜多八の手首を打ち据えた。喜多八は目を見開き、ぺこぺこと頭を

下げる。お藤がくすりと笑い、

「料理をしておいでの旦那さまは、怖いのですよ。誰にも手出しどころか、口出しもお許しにならないのです」

と、但馬を見た。

但馬は無言で鍋を見ている、真剣な顔つきで猪肉を投入する頃合いを見定めていた。

みな、鍋を楽しむというより、師匠の点前《てまえ》を見守る弟子たちのように畏《かしこ》まっている。

「よし、まいるぞ」

目元を綻ばせ、但馬は菜箸で猪肉を一片だけ摘まみ、鍋の中に入れた。目を凝らして煮立つのを確認し、箸で猪肉を取り、小鉢に移す。みなの視線を集めながらゆっくりと咀嚼した。何度か嚙み、ごくりと飲み下すと、

「よい肉だ。さすがは常三郎、目利きは確かだな」

満足げに評し、次々と猪肉を鍋に入れ、続いて葱も加えた。

香ばしい香りが立ち昇り、お紺の腹がぐうと鳴った。

お紺は素知らぬ顔で、

「もう……喜多さんたら」

と、呟いた。

「姐さん、そりゃないでげすよ」

喜多八が抗議をした時、

「よし、食べ頃だぞ。みな遠慮するな」

但馬が声をかけた。

小次郎は但馬を気遣い、箸を手にしなかったが、

「頂きま～す」

武蔵は遠慮せず、猪の肉を三片もすくい取り小鉢に移す。喜多八とお紺も箸を伸ばし始めた。小次郎もおもむろに箸を取る。みなが美味しいと口々に言う顔を見回しながら、但馬はお藤の酌で悠然と酒を飲んでいる。

それでも、肉や葱が減るのを見逃さず、手際よく菜箸で補充していった。

小次郎が、

「お頭も召し上がってください。でないと、箸が進みませぬ」

と、但馬に頼んだ。

もっとも、箸が進んでいないのは小次郎だけである。

「どれどれ」

但馬は器用な手つきで猪肉と葱を自らの小鉢に入れた。

「みな、猪肉ばかりを有難がっておるが、猪鍋の肝は葱だ。葱があってこそ猪肉は生きる。それに葱は血の巡りをよくしてくれるのだ」

但馬は得意げに講釈をたれ、箸で葱を摘まむと口の中に入れた。笑みを浮かべながら咀嚼を始める。

が、

「ううっ」

突然呻《うめ》き声《ごえ》を漏らし、咽喉を掻きむしった。

小次郎が腰を浮かした。心配の目を向けるみなを制し、但馬は猪口に入った酒をごくりと飲み干した。

「ああ～しくじった。葱の芯が飛び出し、咽喉を直撃したのだ。危うく、詰まらせるところだったぞ。みな、葱には用心しろ」

但馬が言った途端、みな声を放って笑った。但馬も照れ笑いを浮かべる。寒夜の時はゆっくりと流れていった。

本書は書き下ろしです。

中公文庫

御《お》蔵入《くらいり》改《あらため》事《じ》件帳《けんちょう》
――しくじり蕎麦《そば》

2021年9月25日　初版発行

著　者　早《はや》見《み》　俊《しゅん》

発行者　松田陽三

発行所　中央公論新社
〒100-8152　東京都千代田区大手町1-7-1
電話　販売 03-5299-1730　編集 03-5299-1890
URL http://www.chuko.co.jp/

ＤＴＰ　嵐下英治
印　刷　三晃印刷
製　本　小泉製本

Published by CHUOKORON-SHINSHA, INC.
Printed in Japan　ISBN978-4-12-207115-5 C1193

各書目の下段の数字はＩＳＢＮコードです。978－4－12が省略してあります。

中公文庫既刊より

は-72-1
常世《とこよ》の勇者　信長の十一日間
早見　俊
桶狭間から一年後。隣国・美濃との盟約に執着する織田信長。そのとき何が身に起こったのか。天下布武を決意するまでの十一日間を描く。〈解説〉縄田一男
206361-7

は-72-2
最後の名裁き　大岡越前ふたたび
早見　俊
老境に達したかつての名奉行と、評定所の若き留役。かけ離れた境遇の二人が、藩主押し込めに端を発した、老中による御家乗っ取りの陰謀と対決。書き下ろし。
206638-0

は-72-3
御蔵入改事件帳
早見　俊
元長崎奉行の荻生但馬は、幕府の新役である御蔵入改方頭取を拝命した。町奉行所や火付盗賊改が取り上げない訴えや未解決事件を探索するため、江戸を奔る！
206842-1

は-72-4
魔王の黒幕　信長と光秀
早見　俊
一向一揆の撫で斬り、比叡山焼き討ち、荒木村重一族の皆殺し――魔王の如き織田信長の所業の陰には、明智光秀の存在が。彼の狙いは一体？〈解説〉細谷正充
206911-4

は-72-5
御蔵入改事件帳　見返り橋
早見　俊
江戸の未解決事件はおれたちに任せろ！　訳あって長崎奉行を罷免された荻生但馬が、新役の御蔵入改方頭取に。個性豊かな五人組が悪を討つ。文庫書き下ろし。
206980-0

は-72-6
御蔵入改事件帳　世直し酒
早見　俊
御蔵入改の紅一点・お紺は、大坂生まれのすり「猿寅のおっちゃん」から、曰く付きの財布をすってしまったと相談を受け……（表題作）。文庫書き下ろし。
207048-6

す-25-34
幕末　暗殺！
鈴木英治／早見　俊
秋山香乃／神家正成
新美　健／誉田龍一
谷津矢車
幕末の江戸や京で多くの命が闇に葬られた。暗殺――。彼らはなぜ殺されたのか。実力派によるオリジナル競作アンソロジー、待望の文庫化！〈解説〉末國善己
207004-2

あ-59-4
一路（上）
浅田次郎
父の死により江戸から国元に帰参した小野寺一路は、参勤道中御供頭のお役目を仰せつかる。家伝の行軍録を唯一の手がかりに、いざ江戸見参の道中へ！
206100-2

あ-59-5
一路（下）
浅田次郎
蒔坂左京大夫一行の前に、中山道の難所、御家乗っ取りの企てなど難題が降りかかる。果たして、行列は期日通りに江戸へ到着できるのか――。〈解説〉檀　ふみ
206101-9

あ-59-6
浅田次郎と歩く中山道　『一路』の舞台をたずねて
浅田次郎
中山道の古き良き街道風景や旅籠の情緒、豊かな食文化などを時代小説『一路』の世界とともに紹介します。いざ、浅田次郎を唸らせた中山道の旅へ！
206138-5

あ-59-7
新装版　お腹召しませ
浅田次郎
幕末期、変革の波に翻弄される武士の悲哀を描く傑作時代短編集。書き下ろしエッセイを特別収録。司馬遼太郎賞・中央公論文芸賞受賞作。〈解説〉橋本五郎
206916-9

あ-59-8
新装版　五郎治殿御始末
浅田次郎
武士という職業が消えた明治維新期、行き場を失った老武士が下した、己の身の始末とは。表題作ほか全六篇に書き下ろしエッセイを収録。〈解説〉磯田道史
207054-7

あ-83-1
闇医者おゑん秘録帖
あさのあつこ
「闇医者」おゑんが住む、竹林のしもた屋。江戸の女たちにとって、そこは最後の駆け込み寺だった――。女たちの再生の物語。〈解説〉吉田伸子
206202-3

あ-83-2
闇医者おゑん秘録帖　花冷えて
あさのあつこ
子堕ろしを請け負う「闇医者」おゑんのもとには、今日も事情を抱えた女たちがやってくる。「診察」は、やがて「事件」に発展し……。好評シリーズ第二弾。
206668-7

う-28-8
新装版　御免状始末　闕所物奉行　裏帳合㈠
上田秀人
遊郭打ち壊し事件を発端に水戸藩の思惑と幕府の陰謀が渦巻く中を、著者史上最もダークな主人公・榊扇太郎が剣を振るい、謎を解く！　待望の新装版。
206438-6

各書目の下段の数字はISBNコードです。978－4－12が省略してあります。

う-28-9
新装版 蛮社始末 闕所物奉行 裏帳合㈡
上田秀人
榊扇太郎は闕所となった蘭方医、高野長英の屋敷から、倒幕計画を示す書付を発見する。鳥居耀蔵の陰謀と幕府の思惑の狭間で真相究明に乗り出すが……。
206461-4

う-28-10
新装版 赤猫始末 闕所物奉行 裏帳合㈢
上田秀人
武家屋敷連続焼失事件を検分した扇太郎は改易された出火元の隠し財産に驚愕。闕所の処分に大目付が介入、大御所死後を見据えた権力争いに巻き込まれる。
206486-7

う-28-11
新装版 旗本始末 闕所物奉行 裏帳合㈣
上田秀人
失踪した旗本の行方を追う扇太郎は借金の形に娘を売る旗本が増えていることを知る。人身売買禁止を逆手にとり吉原乗っ取りを企む勢力との戦いが始まる。
206491-1

う-28-12
新装版 娘始末 闕所物奉行 裏帳合㈤
上田秀人
借金の形に売られた旗本の娘が自害。扇太郎の預かりの身となった元遊女の朱鷺にも魔の手がのびる。江戸闇社会の掌握を狙う一太郎との対決も山場に！
206509-3

う-28-13
新装版 奉行始末 闕所物奉行 裏帳合㈥
上田秀人
岡場所から一斉に火の手があがった。政権返り咲きを図る家斉派と江戸の闇の支配を企む一太郎が勝負に出たのだ。血みどろの最終決戦のゆくえは⁉
206561-1

う-28-14
維新始末
上田秀人
あの大人気シリーズが帰ってきた！天保の改革から二十年、闕所物奉行を辞した扇太郎が見た幕末の闇。過去最大の激闘、その勝敗の行方は⁉
206608-3

す-25-27
手習重兵衛 闇討ち斬 新装版
鈴木英治
江戸白金で行き倒れとなった重兵衛は、手習師匠・宗太夫に助けられ居候となったが……。凄腕で男前の快男児が謎を斬る時代小説シリーズ第一弾。
206312-9

す-25-28
手習重兵衛 梵鐘 新装版
鈴木英治
手習子のお美代が消えた⁉ 行方を捜す重兵衛だったが……（「梵鐘」より）。趣向を凝らした四篇の連作が織りなす、人気シリーズ第二弾。
206331-0

す-25-29
手習重兵衛 暁闇 新装版　鈴木英治
旅姿の侍が内藤新宿で殺された。同心の河上が探索を進めると、重兵衛の住む白金村へ向かう途中だったらしいと分かったが……。人気シリーズ第三弾。
206359-4

す-25-30
手習重兵衛 刃《やいば》舞《まい》 新装版　鈴木英治
親友と弟の仇である妖剣の遣い手・遠藤恒之助を倒すため、新たな師のもとで〈人斬りの剣〉の稽古に励む重兵衛だったが……。人気シリーズ第四弾。
206394-5

す-25-31
手習重兵衛 道中霧 新装版　鈴木英治
親友殺しの嫌疑が晴れ、久方ぶりに故郷の諏訪へ帰れることとなった重兵衛。母との再会に胸高鳴らせる彼を、妖剣使いの仇敵・遠藤恒之助と忍びたちが追う。
206417-1

す-25-32
手習重兵衛 天狗変 新装版　鈴木英治
重兵衛を悩ませる諏訪忍びの背後には、三十年ごしの因縁が――家中を揺るがす事態に、重兵衛、左馬助、惣三郎らが立ち向かう。人気シリーズ、第一部完結。
206439-3

す-25-33
江戸の雷神　鈴木英治
その勇猛さで「江戸の雷神」と呼ばれる火付盗賊改役の伊香雷蔵は、府内を騒がす辻斬り、押し込み、盗賊らを追うが……。痛快時代小説シリーズ開幕！
206658-8

た-94-1
まんぷく旅籠 朝日屋 ぱりとろ秋の包み揚げ　高田在子
お江戸日本橋に、ワケあり旅籠が誕生⁉ 人生のどん底を知り、再出発を願う者たちが集められた新生「朝日屋」が、美味しいご飯とおもてなしで奇跡を起こす！
206921-3

た-94-2
まんぷく旅籠 朝日屋 なんきん餡と三角卵焼き　高田在子
店先で、元女形の下足番・綾人に「動くな！」と命じる男の声。ちはるが覗いてみると……料理自慢の「朝日屋」は、今日も元気に珍客万来！ 文庫書き下ろし。
207079-0

と-26-13
堂島物語1 曙光篇　富樫倫太郎
米が銭を生む街・大坂堂島。十六歳と遅れて米問屋へ奉公に入った吉左には「暖簾分けを許され店を持つ」という出世の道は閉ざされていたが――本格時代経済小説の登場。
205519-3

各書目の下段の数字はISBNコードです。978－4－12が省略してあります。

と-26-14
堂島物語2 青雲篇
富樫倫太郎
山代屋へ奉公に上がって二年。丁稚として務める一方、幕府未公認の先物取引「つめかえし」で相場師としての頭角を現しつつある吉左は、両替商の娘・加保に想いを寄せる。
205520-9

と-26-15
堂島物語3 立志篇
富樫倫太郎
念願の米仲買人となった吉左改め吉左衛門は、自分と同じく二十代で無敗の天才米相場師・寒河江屋宗右衛門の存在を知る——『早雲の軍配者』の著者が描く経済時代小説第三弾。
205545-2

と-26-16
堂島物語4 背水篇
富樫倫太郎
「九州で竹の花が咲いた」という奇妙な噂を耳にした吉左衛門は西国へ飛ぶ。やがて訪れる享保の大飢饉をめぐる米相場乱高下は、ビジネスチャンスとなるか、破滅をもたらすか——。
205546-9

と-26-17
堂島物語5 漆黒篇
富樫倫太郎
かつて山代屋で丁稚頭を務めた百助は莫大な借金を抱え、お新と駆け落ちする。米商人となる道を閉ざされ、行商人に身を落とした百助は、やがて酒に溺れるが……。
205599-5

と-26-18
堂島物語6 出世篇
富樫倫太郎
川越屋で奉公を始めることになった百助の息子・万吉は、手代たちから執拗な嫌がらせを受ける。『早雲の軍配者』の著者が描く本格経済時代小説第六弾。
205600-8

と-26-32
闇の獄（上）
富樫倫太郎
盗賊仲間に裏切られて死んだはずの男は、座頭組織の長に拾われて、暗殺者として裏社会に生きることに！『SRO』「軍配者」シリーズの著者によるもう一つの世界。
205963-4

と-26-33
闇の獄（下）
富樫倫太郎
座頭として二重生活を送る男・新之助は、裏社会から足を洗い、愛する女・お袖と添い遂げることができるのか？ 著者渾身の暗黒時代小説、待望の文庫化！
206052-4

と-26-34
闇夜の鴉
富樫倫太郎
大坂の追っ手を逃れてから十年——。新一は江戸で再び殺し屋稼業に手を染めていた。『闇の獄』に連なる暗黒時代小説シリーズ第二弾！〈解説〉末國善己
206104-0